Gandhi
et la non-violence

Suzanne Lassier

Gandhi et la non-violence

Éditions du Seuil

COLLECTION DIRIGÉE PAR VINCENT BARDET
ET JEAN-LOUIS SCHLEGEL

L'édition originale de cet ouvrage a été publiée,
avec des illustrations,
en 1970 aux Éditions du Seuil
dans la collection « Maîtres Spirituels ».
La présente édition en reprend le texte intégral.
La bibliographie a été mise à jour.

ISBN 2-02-040766-3
(ISBN 2-02-000292-2, 1re publication)

www.seuil.com

À L'OMBRE DE L'UNION JACK

Mohandas Karamchand Gandhi [1] naquit le 2 octobre 1869 à Porbandar, capitale de la principauté indépendante du même nom et petit port de la presqu'île du Kathiyavar, sur la côte nord-ouest de l'Inde. Il était le quatrième enfant de Karamchand et Putlibai Gandhi, caste des *vaiçya*, sous-caste des Modh Baniya. Traditionnellement, les *vaiçya* doivent s'adonner à l'agriculture, à l'artisanat ou au commerce et longtemps les Gandhi, comme l'atteste leur patronyme qui signifie « marchand d'épices », n'avaient pas échappé à la règle. Puis, faveur du prince ou mérites personnels, le grand-père et le père de Mohandas étaient devenus *diwan* (Premier ministre) du Porbandar. Le titre était pompeux, la charge relativement modeste dans cet État miniature. Elle n'en assurait pas moins, compte tenu des habitudes locales, aisance et considération.

Dans la maison familiale où s'entassait tout le clan : six ménages, leurs enfants, les serviteurs, sans compter une parentèle toujours de passage, le petit Mohan eut une jeunesse heureuse. De douces criailleries, la paisible atmosphère indienne au rythme des jours et de la nature. La grande piété de Putlibai impressionnait vivement son entourage. Cette femme simple mais avisée dont on recherchait, semble-t-il, les conseils, même pour les affaires de l'État, était par-dessus tout une vishnouite fervente. Chaque jour, entraînant ses enfants à sa suite, elle se rendait au temple puis, le nom de Râma sur les lèvres, observait des pratiques et des jeûnes sévères dont rien, pas même la maladie, ne la détournait. *Ma mémoire*, écrira le Mahâtma, *garde surtout l'impression d'une sainte*[2], et cette sainte il l'aimait tendrement. Physionomie non moins attachante, Karamchand, en qui son fils discernera un penchant aux *plaisirs de la chair*[3] parce que, veuf, il s'était marié pour la quatrième fois la quarantaine passée, était un homme loyal, intègre, généreux, de rapports agréables malgré un tempérament irascible. Peu instruit, comme tant d'Indiens de sa génération, il avait acquis par la pratique des affaires une *riche expérience... qui lui permettait de résoudre aisément les problèmes les plus complexes*[4]. Partout, que ce fût dans les étroites limites du Porbandar ou comme membre du tribunal rajasthanique chargé d'arbitrer les querelles des petits potentats locaux, il jouissait d'une *réputation méritée de stricte impartialité*[5]. Ce qui, dans l'enchevêtrement des pouvoirs, le pullulement des intrigues, exigeait une solide dose d'indépendance, de diplomatie, de fermeté. Ce fonctionnaire exemplaire était en outre, comme Putlibai, un vishnouite pieux, végétarien convaincu, accomplissant ponctuellement ses devoirs religieux. Nullement sectaire au reste, il accueillait chez lui avec une égale bienveillance hindous, jaïns strictement adonnés à l'*ahimsâ*, musulmans, parsis. On discutait religion, à la recherche de la voie du salut. Le soir venu, particulièrement comme il se doit en la vigile des jeûnes rituels, Karamchand ou l'un de ses amis lisait à haute voix quelque passage du *Râmâyana* de Tulsîdâs, du *Bhâgavat Purâna*, les merveilleuses légendes dorées où s'alimente la piété des adorateurs de Vishnu. Mohandas, peu enclin aux jeux de son âge, écoutait ébloui les récits qui tantôt exaltent le dévouement surhumain d'une épouse ou d'un fils, tantôt décrivent les pénitences terribles et les exploits prodigieux des mahâtma [6] ou des avatârs [7] divins. Qu'un théâtre ambulant dressât ses tréteaux sur la place du village, Shravana portant à dos ses parents aveugles sur le chemin du pèlerinage, Harischandra poursuivant la Vérité au milieu des épreuves devenaient de *vivantes réalités* [8]. Le monde se sublimait et se stylisait, l'enfant s'emplissait de rêves généreux. Poltron, il luttait déjà contre la peur, contre les mille peurs qui rôdent dans les nuits indiennes : serpents, voleurs, fantômes dont il conjurait les menaces en répétant le *Râm-Nâm*, comme on lui avait appris à le faire. Exemples et pieux enseignements imprégnaient doucement son esprit et son cœur. En lui *prenaient racine... la conviction que la morale est le fondement de tout et que la vérité est la substance de toute morale* [9]. La crise de l'adolescence passée, il retrouvera intacts les principes essentiels du vishnouisme : l'homme appréhende la réalité suprême non par la connaissance mais par l'amoureuse effusion mystique et par la soumission aux appels intérieurs ; la force spirituelle est liée à la pureté du cœur, au pardon des injures, au sacrifice de soi ; la maîtrise des passions, l'ascèse, le jeûne confèrent plein pouvoir sur la nature et les hommes. Mais en une Inde déchirée de luttes sectaires il saura, comme son père, reconnaître la valeur des autres religions, la nécessité d'une large tolérance.

A quatorze ans, selon la coutume qu'il combattra plus tard avec force, on le maria : *Oh ! Cette première nuit ! – deux enfants innocents se jetant sans le savoir, tête baissée, dans l'océan de la vie* [10]. Kasturbai, sa jeune femme, n'avait que quelques mois de plus que lui. Elle était espiègle, désœuvrée ; lui, sensuel, jaloux, parfois brutal. Madame aimait les jeux de son âge, Monsieur lui interdisait de sortir. Il prétendait faire son éducation, voulait tout régenter ; l'autre mettait son point d'honneur à n'agir qu'à sa guise. Tout était occasion de bougonner et de se chamailler.

A l'école – le mariage n'en dispense pas –, la situation était tout aussi tendue. L'enseignement, en anglais depuis la promulgation de la loi Macaulay (1835), semait le désarroi dans l'esprit des jeunes Indiens. On leur inculquait le dogme de la supériorité absolue de tout ce qui venait d'Angleterre, on les pétrissait d'admiration pour la gloire de l'Angleterre, pour sa haute civilisation, ses conquêtes scientifiques, son organisation politique, son invincible puissance. En contrepartie était dressé le tableau de toutes les déficiences passées et présentes de l'Inde. De sorte que, méconnaissant ce qui avait fait la grandeur de leur pays, ces adolescents se persuadaient qu'ils ne deviendraient des hommes qu'en rompant avec leurs traditions, leurs croyances, leurs coutumes et en copiant servilement leurs maîtres. Mais en même temps, à la lecture des auteurs qu'on leur mettait entre les mains et qui, histoires ou poèmes, leur apparaissaient « pleins d'amour pour l'humanité, la justice, la liberté [11] », ils prenaient conscience de leur asservissement. Leurs imaginations s'enfiévraient, une sourde révolte grondait en eux. Éternelle histoire des peuples colonisés !

Comme ses camarades Mohandas rêvait de secouer le joug : *Je désirais devenir fort et audacieux, je voulais la même chose pour mes compatriotes afin que nous puissions battre l'Anglais et délivrer l'Inde* [12]. Si les Anglais sont forts, c'est parce qu'ils mangent de la viande. En cachette, avec la complicité d'un galopin de son âge, il se procura un morceau de chèvre. A la première bouchée il vomit de dégoût. La nuit suivante fut *épouvantable... une chèvre vivante se mettait à gémir en moi* [13]. Fumer, autre infraction religieuse, ne lui réussit pas mieux. Il cessa aussi d'aller au temple où il ne voyait plus, comme le proclamaient des missionnaires chrétiens, qu'un *pullulement de superstitions*[14]. Cette effervescence enlevait-elle tout intérêt au travail scolaire ? En tout cas, lorsque au sortir de la High School de Rajkot il s'inscrivit à l'Université de Bhavnagar, il découvrit qu'il était *extraordinairement inculte*[15], incapable de suivre les cours.

Qu'allait-il faire ? Qui le conseillerait ? Karamchand était mort deux ans auparavant. Par chance, un brahmane érudit, ami de la famille, suggéra de l'envoyer poursuivre à Londres des études de droit. A son retour il serait Premier ministre, comme son père, ou bien il exercerait le fructueux métier de *vakîl* (avocat). Merveilleuses perspectives ! *Voir l'Angleterre, la terre des philosophes et des poètes, le cœur même de la civilisation... Le jour, la nuit, en mangeant, en buvant, en marchant, en courant, en lisant, je rêvais, je pensais à l'Angleterre et à ce que j'y ferais*[16]. S'il avait pu, il serait parti sur l'heure. Mais ni son oncle, maintenant chef de famille, ni sa mère ne partageaient ce bel enthousiasme. Cette Europe perdue au bout du monde, aucun homme du clan n'y avait jamais été. Comme l'orthodoxie brahmanique interdit de quitter l'Inde, les anciens de la caste, indignés, voulaient l'excommunier, ordonnaient déjà de le traiter en paria. D'ailleurs où trouver l'argent ? *Mais tous savaient que je n'abandonnerais pas ce que j'avais entrepris*[17]. Il obtint le consentement de sa mère et, *débordant de joie*[18], s'embarqua le 4 septembre 1888 laissant à la garde de son frère sa femme et son fils nouveau-né.

D'autres difficultés attendaient à Londres notre jeune campagnard. Il était éperdu d'admiration pour la civilisation occidentale mais en ignorait tout, jusqu'à l'usage d'une cuiller ou d'une fourchette ; la prononciation de l'anglais le mettait *au supplice*. Les conseils contradictoires de compatriotes guère plus dégrossis ne faisaient qu'accroître son embarras. Et pour comble, une immense vanité d'adolescent ! Aussitôt arrivé *j'entrepris cette tâche surhumaine : me changer en gentleman*[19]. Un chapeau de soie, un habit acheté à Bond Street, des leçons de danse, de violon, d'élocution... Au bout de trois mois, *comme même alors*, dit-il, *je ne perdais pas la tête*[20], il vit sa sottise. Dépité, c'est là le premier des brusques retournements qui jalonnent sa vie jusqu'à sa maturité, il renonça du jour au lendemain à ses prétentions mondaines et s'établit dans une économie parcimonieuse.

Au reste son inexpérience n'était pas seule en cause. Putlibai, soucieuse d'orthodoxie et effrayée des dangers auxquels était exposé un jeune homme en Europe, ne s'était résignée à son départ qu'après lui avoir fait jurer solennellement de *ne toucher ni au vin, ni à la femme, ni à la viande*[21]. Rester fidèle à Kasturbai, soit ! Les femmes, en définitive, lui faisaient peur. Mais ne pas manger de viande ? Refusant les plats où il en décelait la moindre trace, il mourait de faim. Pis encore : ne lui disait-on pas que s'il s'obstinait, il ne serait jamais *qu'un homme de peu... dépaysé dans la société anglaise*[22] ? L'inquiétude le tenaillait. Il souhaitait avec ardeur que *tous les hindous fussent carnivores*, il aspirait à le devenir un jour *librement... à recruter des adeptes*[23]. Pas une minute pourtant il n'envisagea d'enfreindre ce vœu qui se refermait sur lui comme un cercle magique : il avait donné sa parole, il devait tenir coûte que coûte et plus encore. La Providence veillant sur lui, il découvrit un restaurant végétarien et, enfin rassasié, se persuada, en lisant quelques bons livres, des vertus du végétarisme. *Dès lors sa propagation devint... une mission*[24]. Toujours il ira au-delà de ce que les circonstances lui imposeront, pour retrouver sa liberté ; toujours il entraînera des hommes à sa suite.

L'incident, minime en soi mais qui révèle un caractère, eut des répercussions profondes, car ainsi, dès le premier contact réel avec l'Europe, le jeune Gandhi se trouva ressaisi par l'ascèse indienne avec ce qu'elle comporte de maîtrise de soi mais aussi de négativisme. Absorbé par ses expériences de diététique, il ne fréquenta guère, durant les trois années de son séjour en Angleterre, que des *piliers du végétarisme*[25], leurs réunions et leurs congrès. Une allusion rapide au rôle de John Burns et du cardinal Manning lors de la fameuse grève des dockers de 1889, sans aucune précision sur la grève elle-même ou sur ses causes, une allusion non moins brève aux conférences du grand leader indien Dadabhai Naoroji, des journaux entrouverts, voilà les seules traces de préoccupations politiques ou sociales qui affleurent dans l'*Autobiographie* alors que celle-ci est étonnamment prolixe dès qu'il s'agit de conter les difficultés alimentaires ou sentimentales. Notons aussi, car elles porteront leurs fruits, quelques lectures d'ouvrages religieux, entreprises avec enthousiasme et bientôt abandonnées faute de temps. De toute évidence, pour le moment, Mohandas ne s'intéresse qu'à Mohandas. Les grandes aspirations politiques et spirituelles ne s'éveilleront que beaucoup plus tard, sous la brûlure de l'injustice personnellement ressentie. Mais pour n'avoir pas partagé la griserie intellectuelle de la vingtième année et tout ce qu'elle entraîne, et aussi par manque de goût pour les spéculations, il restera toujours sans connaissance sérieuse des doctrines qui sont en train de révolutionner le monde.

Il prépara ses examens de droit consciencieusement, méticuleusement. *J'avais le sentiment qu'il était de mon devoir de lire tous les manuels*[26]. Il s'attela au droit coutumier anglais, poussa le zèle jusqu'à vouloir étudier le droit romain en latin. Derechef il constata les lacunes de sa formation et, aussi courageux que lucide, s'appliqua à les combler, subit les épreuves d'entrée à l'Université, acquit une réelle maîtrise de l'anglais. Bel effort assurément. Dans cette vie laborieuse et étroite, le seul intermède fut un bref séjour à Paris lors de l'Exposition de 1889. Encore s'était-il assuré d'un restaurant végétarien ! Un coup d'œil à la tour Eiffel, *hochet pour des enfants*, de longues marches à travers la ville dont la *frivolité* et le *vacarme* le hérissèrent, des stations admiratives dans les vieilles églises, à Notre-Dame en particulier : *on ne saurait oublier leur paisible grandeur*[27], et bien vite il revint à Londres.

Dès le lendemain de son admission au barreau, il reprenait le bateau. Complet londonien et coupe de cheveux exceptés, l'avocat frais émoulu qui rentrait en Inde n'était guère différent, sous son mince vernis de civilisation occidentale, du *sauvageon* parti trois ans auparavant. Il voulait tout réformer, imposer autour de lui les usages européens et restait empêtré dans les incertitudes de l'adolescence : *J'éprouvais un incurable sentiment d'impuissance et de crainte*[28]. Une timidité maladive, jointe à une ambition sans emploi, le paralysait, le rendait incapable de parler en public et même de lire ce qu'il avait rédigé. En outre, qu'avait-il acquis à Londres ? Quelques vagues notions de droit anglais, mais aucune connaissance du droit indien ni pratique de la procédure. Son frère Laxmidas, grisé par les succès des *vakîls* en renom, prépara pourtant la réussite, qui ne pouvait tarder, en dotant toute la maisonnée d'un train de vie prétentieux. Seuls les clients manquaient. Quand, par hasard, de modestes affaires se présentaient, le jeune avocat n'était ni assez accommodant ni assez intrigant. Son honnêteté farouche, un sens inné de la dignité lui inspiraient à l'occasion du courage mais ne lui facilitaient pas les rapports avec ses collègues, encore moins avec les fonctionnaires anglais. Il fallut fermer le cabinet de Bombay, celui de Rajkot végéta piteusement. Il chercha un gagne-pain, des leçons, n'importe quoi pour faire vivre femme et enfants. Un beau jour le destin intervint. On lui proposa de partir en Afrique du Sud pour le compte de la firme Dada Abdulla et Cie qui, à l'occasion d'un procès mettant en jeu de gros intérêts, avait besoin d'un employé de bureau sachant l'anglais. L'offre n'était certes pas à la mesure de ses ambitions. Criblé de dettes, acculé par la nécessité, il accepta pourtant, croyant partir pour quelques mois et séduit par l'aventure. L'aventure la moins prévisible attendait en effet ce jeune homme de vingt-quatre ans apparemment sans avenir.

Un avocat-coolie

Une colonie indienne d'environ 100 000 hommes était établie dans les différents États d'Afrique du Sud. La plupart d'entre eux étaient venus dès 1860, appelés par les résidents anglais du Natal comme main-d'œuvre pour la culture de la canne à sucre, du thé, des légumes. Un contrat d'immigration, dont les clauses avaient été fixées par accord entre le gouvernement de l'Inde et celui de la colonie du Natal, les liait pour cinq ans au même maître dans des conditions misérables : eux et leur famille ne recevaient, en plus de leur nourriture, que dix shillings de salaire par mois. A l'expiration du contrat ils avaient la possibilité soit de retourner en Inde, soit de se fixer dans le pays. C'était cette deuxième solution, la seule viable pour eux, qu'ils adoptaient généralement. De sorte qu'en

1890 on comptait au Natal 18 000 travailleurs sous contrat et quelque 30 000 travailleurs libres exerçant des métiers modestes, domestiques, maraîchers, colporteurs. Un petit nombre avait essaimé dans les États voisins : 10 000 dans la colonie du Cap, 5 000 au Transvaal, une poignée dans l'État libre d'Orange. A leur suite étaient venus, s'établissant à leur compte, des marchands, en général musulmans, originaires, comme Gandhi, du Gujrat. Étendant leur commerce aux populations indigènes (Cafres, Zoulous) auxquelles les Blancs n'inspiraient que méfiance, profitant de la prodigieuse expansion économique – c'était le temps de la ruée vers l'or –, ces marchands s'étaient extraordinairement enrichis. Ils avaient fondé des firmes importantes, telle la firme Dada Abdulla, ils possédaient des immeubles, des compagnies de navigation et jouissaient même, du moins au Natal, de certains droits politiques. Mais le racisme sévissait. Ils étaient la « vermine noire », l'« ordure asiatique[29] ». Les codes les désignaient comme des personnes appartenant aux « peuplades sauvages » et les textes constitutionnels affirmaient carrément qu'aucune égalité civile ni religieuse ne serait admise entre les Blancs et les hommes de couleur. Partout une ségrégation brutale était appliquée : les Indiens, quels que fussent leurs métiers ou la situation acquise, n'étaient que des « coolies » (homme de corvée, porteur) auxquels on interdisait, en les molestant le cas échéant, les hôtels fréquentés par les Blancs, la communauté des moyens de transport et jusqu'aux trottoirs des grandes artères. La nuit, ils ne pouvaient circuler qu'avec un laissez-passer. Les Indiens, avait déclaré le président Kruger, étaient les « descendants d'Ismaël et, par conséquent, condamnés dès leur naissance à servir d'esclaves aux enfants d'Ésaü[30] ». *Un coolie n'est pas un homme*[31].

On avait prévenu Gandhi de cet état de choses. Il

n'y avait pas cru. Instruit, bien habillé, il s'estimait l'égal des Anglais. N'était-il pas, du reste, citoyen britannique ? A peine arrivé, il apprit qu'il n'était qu'un « avocat-coolie ». Pour se rendre de Durban à Pretoria, terme de son voyage, il s'était installé dans un compartiment de 1re classe. A neuf heures du soir, en gare de Maritzburg, la police l'expulsa en direction du fourgon. Il se cabra sous l'affront et n'eut d'autre ressource que de se réfugier dans une salle d'attente obscure, glaciale l'hiver à cette altitude. Il grelottait, il n'osait pas réclamer ses bagages, il était affreusement seul, rejeté par tous : *Je découvrais que je n'avais aucun des droits des hommes parce que j'étais Indien*[32]. Écrasé de détresse, d'humiliation, il aurait voulu fuir, revenir dans son pays. Nuit de lutte et d'angoisse. Au matin, pourtant, il s'était ressaisi : il resterait, il mènerait sa tâche à bien. Jamais il ne céderait à la peur. En lui une rupture était consommée, rupture dont on ne peut rien dire, car ceux qu'elle brise et recrée, tel Jacob aux prises avec l'ange, n'en révèlent rien. *Ce fut l'expérience la plus décisive de ma vie*, avouera simplement le Mahâtma bien des années après. Ce timide, ce faible, avait refusé à tout jamais de plier devant l'injustice, la violence.

Quand il reprit le lendemain la route pour Pretoria, il pensait d'ailleurs que son épreuve ne durerait que quelques mois.

Dès le début de 1894 il est, en effet, de retour à Durban. Son travail, mené avec zèle, a été fructueux. Les dossiers d'Abdulla rapidement débrouillés, il a suggéré un arrangement à l'amiable au bénéfice des deux parties. Quant à lui, il a acquis les notions de droit et de procédure qui lui faisaient si cruellement défaut. Plus important encore, il a pris confiance en lui. Il ne songe pourtant qu'à retourner en Inde. Aucune perspective d'avenir en Afrique du Sud, et vivre dans un pays où il est insulté quotidiennement lui est intolérable. Mais *l'homme propose et Dieu dispose*[33]. Au cours de la réception d'adieux donnée en son honneur, il découvrit, au hasard d'un journal, un projet tendant à supprimer le droit qu'avaient certains Indiens d'élire des représentants à l'Assemblée législative du Natal. Il mit aussitôt ses compatriotes en garde. Ceux-ci le supplièrent d'organiser leur défense : *Nous sommes illettrés, c'est comme si nous étions infirmes... Nous ne regardons les journaux que pour savoir où en sont les cours de la Bourse*[34]. Cédant à leurs instances Gandhi consentit à ajourner son départ. Pour un mois.

L'apprentissage de la vie politique

Durant son séjour à Pretoria, des contacts suivis avec les Indiens et les quelques Européens qui ne refusaient pas leur amitié personnelle l'avaient éclairé sur les arrière-plans d'une situation particulièrement complexe. Faisant bloc contre les autochtones dont les révoltes restaient toujours menaçantes – les Zoulous avaient infligé une défaite aux Anglais en 1879 et ils s'insurgeront de nouveau en 1906 –, les Blancs étaient néanmoins divisés entre eux. Les Boers, descendants de huguenots chassés de leurs pays par les guerres de religion, devaient se défendre contre la présence envahissante des Européens et spécialement des Anglais implantés à date plus récente, de jour en jour plus nombreux, appâtés qu'ils étaient par les mines d'or, de diamants, par les immenses ressources d'un pays neuf. De cette rivalité meurtrière, le Grand Trek, l'annexion du Transvaal à la couronne d'Angleterre (1877), puis la première guerre des Boers sous la conduite de Kruger avec, en définitive, l'indépendance du Transvaal (1881), avaient marqué les étapes. Dorénavant aux yeux des Boers et, plus généralement, aux yeux de ceux qui avaient fait de l'Afrique du Sud leur patrie, tout *Uitlander* (déformation boer de *Outlander*, étranger) représentait un danger : il risquait de les supplanter. Actifs, entreprenants, économes, prolifiques, les Indiens paraissaient une force d'autant plus difficile à contenir qu'en leur qualité de sujets britanniques ils étaient protégés directement de Londres par le secrétariat aux Colonies, des Indes par le vice-roi. Quant à se passer de leur main-d'œuvre, quel Blanc y aurait songé ? Elle était indispensable puisque les Noirs étaient incapables d'un travail régulier. Elle contribuait de toute évidence à la prospérité générale. Les divers États avaient donc établi des lois visant à limiter les « risques » indiens, lois dont la rigidité, l'arbitraire, étaient proportionnels au degré d'indépendance dont ces États jouissaient par rapport à l'Angleterre. Dans l'État d'Orange, la Couronne n'ayant plus depuis la première guerre des Boers qu'une suzeraineté nominale, les Indiens étaient assujettis à des ordonnances draconiennes : ils étaient privés du droit de propriété et ne pouvaient être que garçons d'hôtel ou valets de ferme. Au Transvaal, auquel la Convention de Londres (1884) avait concédé une pleine autonomie interne tout en gardant sous contrôle britannique les relations avec les pays étrangers, leur situation était un peu moins mauvaise puisqu'il leur était permis, après paiement d'une taxe d'entrée, de faire du commerce et de posséder des terres en des emplacements réservés. Enfin au Natal, colonie de la Couronne, ils jouissaient, quand ils n'étaient pas sous contrat et dans les limites du racisme, de libertés plus étendues, en particulier d'un droit de vote aux mêmes conditions et qualifications (instruction et fortune) que les Européens. Si le Natal envisageait la suppression de ce droit, c'était qu'il venait d'être doté (1893) d'un gouvernement responsable qui passait immédiatement à l'offensive. La mesure, Gandhi voyait clair, était lourde de menaces. Pour qu'elle ne devînt pas le *premier clou dans le couvercle du cercueil*[35], il fallait de toute urgence entreprendre la lutte.

Avec perspicacité Gandhi s'établit aussitôt sur le solide terrain des droits et des devoirs que conférait aux parties la citoyenneté britannique des Indiens. Par une pétition adressée à Lord Ripon, secrétaire d'État aux Colonies, pour laquelle, démonstration immédiate de son ascendant sur son entourage, il recueillit en quelques jours dix mille signatures, il obtint l'ajournement du projet. Mais bien qu'il eût suscité plusieurs interventions de Dadabhai Naoroji auprès de Chamberlain, il ne put empêcher le gouvernement du Natal de parvenir à ses fins par des voies détournées. Peu après, une nouvelle loi sur l'immigration fut promulguée. Pour rester en Afrique du Sud à la fin des cinq années de son engagement, l'Indien sous contrat devait dorénavant soit accepter un nouveau contrat le liant, à vie cette fois, dans les mêmes conditions misérables, soit acquitter, pour lui *et* chacun des membres de sa famille – y compris les enfants au-dessus de treize ans –, une taxe annuelle de trois livres. Or trois livres étaient le salaire de six mois. « C'était pousser les hommes au crime et les femmes à une vie honteuse[36]. » Même le *Times*, à Londres, déclara que les Indiens étaient réduits à une condition « dangereusement proche de l'esclavage[37] ». Gandhi, contraint pour le moment de ronger son frein, n'accepta jamais cette loi. Sans trêve, jusqu'au jour où il en obtiendra l'abolition, il bataillera contre elle.

Il avait d'ailleurs des raisons d'espérer. D'ores et déjà une victoire morale indiscutable compensait les échecs politiques. Jusqu'alors non seulement les Indiens ne s'étaient pas préoccupés de défendre leurs droits, mais ils avaient perdu toute dignité personnelle : *Ils s'étaient fait une règle d'encaisser les insultes comme ils encaissaient de l'argent*[38]. L'égoïsme le plus total régnait entre eux avec son cortège de dissensions, de rivalités. Chacun, qu'il fût tamoul, gujrati, bengali, hindou, chrétien, musulman, parsi, né en Inde ou en Afrique du Sud, n'avait qu'hostilité pour qui n'était pas du même village ou de la même secte religieuse, et tous, les marchands riches en tête, abandonnaient à leur dure condition les travailleurs sous contrat. Du fait de l'agitation politique un embryon d'esprit communautaire s'était formé ; des forces neuves avaient surgi auxquelles Gandhi avait assuré la possibilité de se développer en fondant, en fonction des besoins, divers groupements : Association des Indiens du Cap et du Transvaal, Congrès indien du Natal – sorte de branche du Congrès national indien –, Association culturelle des Indiens originaires de la colonie. Meetings, conférences, débats publics, activités concrètes confiées à des volontaires, cours du soir, tout était mis en œuvre pour améliorer les conditions de vie, l'instruction, l'hygiène, préparer aux luttes politiques, bref secouer la torpeur générale et dégager une élite dirigeante. D'autre part, prélude à son intense production de journaliste – *la presse est une force énorme*[39] –, Gandhi alertait l'opinion, de l'Afrique du Sud jusqu'en Angleterre et en Inde, par l'*Appel à tous les Anglais* et *le Droit de vote des Indiens*, deux brochures bourrées de faits, de chiffres, d'arguments scrupuleusement exacts.

En quelques mois, sous le poids des responsabilités, le futur chef de l'Inde se révélait maître de ses dons exceptionnels : juriste aussi subtil dans le maniement des lois que conscient de l'importance des faits, orateur à la parole nette, convaincante – finie la timidité balbutiante d'autrefois ! –, grand manœuvrier d'hommes, travailleur infatigable, efficace dans le présent, préparant l'avenir avec un courage qu'aucune vexation n'entamait. D'entrée de jeu il forçait le respect. Ses adversaires, les journaux locaux eux-mêmes lui rendaient hommage, louant sa modération, son impartialité, son dévouement désintéressé.

Mais la peur et la haine croissaient elles aussi. En 1896, comprenant que l'Afrique du Sud le retiendrait longtemps encore, Gandhi était allé en Inde chercher sa femme et ses enfants. A son retour, les Blancs, furieux qu'il eût de Bombay à Madras et Calcutta dénoncé leurs agissements, tentèrent, avec la complicité des hommes en place, d'empêcher son débarquement. On retint le bateau en quarantaine et quand enfin Gandhi mit pied à terre, il fut pris à parti, lynché, arraché à grand-peine à la foule prête à incendier la maison où il s'était réfugié avec les siens. Il fallut le cacher sous un déguisement, le faire garder trois jours par la police. Lorsque, riposte immédiate, Chamberlain, alors secrétaire d'État aux Colonies, donna ordre d'entamer des poursuites, ce fut Gandhi qui s'y opposa. Sa magnanimité tirait le gouvernement d'un pas difficile, mais infligeait aux Blancs une leçon sévère, de sorte que *si le prestige de la communauté se trouva rehaussé, la flamme des préjugés fut attisée d'autant*[40]. Bientôt de nouvelles lois restreignirent encore les libertés des Indiens. A force de travail, de courage, l'avocat – il était inscrit au barreau de Durban – pouvait défendre ses compatriotes contre des exactions individuelles, il pouvait, parfois, faire rendre gorge à des particuliers. Mais il ne pouvait rien ou presque rien contre l'appareil gouvernemental.

Lorsque la deuxième guerre du Transvaal éclata (1899), Gandhi se trouva soudain à la croisée des chemins. Les Indiens, ceux du Natal et les nombreux réfugiés venus du Transvaal, étaient partisans de la neutralité. En son for intérieur Gandhi blâmait les Anglais : *Mes sympathies personnelles allaient toutes aux Boers*[41], *la justice était de leur côté*[42]. Il estima pourtant que ses compatriotes devaient faire preuve de *loyalisme*. Non qu'il fût dupe des déclarations des Anglais qui prétendaient ne se battre que pour secourir les Uitlanders. Simplement il restait fidèle à la ligne de conduite qu'il s'était tracée. *Notre existence en Afrique du Sud est fonction de notre qualité de sujets britanniques... les quelques droits que nous conservons encore, nous les conservons en tant que citoyens britanniques. La neutralité serait donc*, déclarait-il avec plus d'éloquence que de mesure, *une action criminelle qui ne pourrait qu'accroître nos difficultés.* Bref, si les Indiens désiraient conquérir leur liberté et assurer leur bien-être comme membres de l'Empire britannique, ils devaient saisir *cette occasion en or* d'aider les Anglais par *tous les moyens* à leur disposition[43]. Les droits revendiqués imposaient d'ailleurs les devoirs correspondants. Il avait foi en la Constitution anglaise, l'Empire était *une grande famille de nations*[44], les vexations dont souffraient les Indiens n'étaient que le fait d'individus isolés. *Que la guerre fût juste ou non*, concluait-il, *c'était à la reine d'en décider*[45]. Dans les cas difficiles *chaque citoyen ne peut espérer imposer son opinion personnelle*[46].

Un millier d'ambulanciers indiens servirent durant quelques semaines dans les rangs des Anglais. Ils s'engagèrent volontairement dans la ligne de feu, transportèrent les civières sur de longues distances, sauvèrent de nombreux blessés. Gandhi et une trentaine de ses compatriotes furent décorés. En 1901 tous les espoirs semblaient permis : la guerre touchait à sa fin, la victoire des Britanniques était certaine. Les rapports entre Anglais et Indiens s'étaient d'autant plus détendus que, sur les champs de bataille, les tommies avaient fraternisé avec les 10 000 hommes de troupe amenés des Indes. Nul n'ignorait que la ténacité de ces régiments d'élite avait à plusieurs reprises décidé de l'issue des combats. Puisque l'emprise des Anglais sur l'Afrique du Sud serait raffermie, les droits des Indiens seraient sauvegardés. Du moins ils l'espéraient. Aussi Gandhi estima-t-il que l'heure était venue de repartir pour l'Inde.

Comblé de présents, diamants, bijoux, objets d'or et d'argent, mais ayant tout refusé (au désespoir de Kasturbai !), car *l'homme qui se voue à une mission publique ne doit pas accepter de cadeaux de prix*[47], il quitta l'Afrique du Sud fin 1901, en promettant de revenir si besoin était.

Un an ne s'était pas écoulé qu'un câble le rappelait. Sans hésitation, mais non sans regrets, il ferma le cabinet qu'il avait ouvert à Bombay. *Je m'étais fait à l'idée de mener une vie incertaine*[48].

Contrairement à ses prévisions, la situation des Indiens se révélait, en effet, plus inquiétante que jamais. Le traité de Vereeniging (31 mai 1902), en mettant fin à la guerre, orientait les États de l'Afrique du Sud vers la constitution d'une Union où la place des hommes de couleur serait inéluctablement réduite. Déjà la poussée raciste se faisait virulente. Colons anglais et Boers, de nouveau ligués contre les Indiens, leur reprochaient leur option de 1899. Le Transvaal, prenant prétexte des ruines accumulées et de la disette, s'opposait systématiquement à leur retour ; un Bureau asiatique fraîchement créé les soumettait à des tracasseries sans fin ; les lois les plus arbitraires étaient remises en vigueur. Au milieu de ces difficultés inextricables, la prochaine venue de Chamberlain était le seul espoir et Gandhi devait être le porte-parole de la communauté indienne. Or Chamberlain qui venait chercher 35 millions de livres, cadeau de l'Afrique du Sud, se proposait avant tout *de gagner le cœur des Anglais et, si possible, des Boers*[49]. Il reçut froidement à Durban la délégation conduite par Gandhi. A Pretoria, celui-ci, évincé par l'administration, ne put même pas se faire entendre. L'affront ne laissait aucun doute sur ce que seraient les jours à venir. Il fallait un chef capable de faire face aux difficultés nouvelles. Seul Gandhi avait les qualités nécessaires : connaissance des lois, habileté tactique, autorité incontestée dans les milieux indiens, sympathies personnelles parmi les Blancs, prestige jusqu'en Angleterre. Comme la bataille s'annonçait plus dure au Transvaal que partout ailleurs, il décida de s'installer à Johannesburg où il s'inscrivit comme avocat à la Cour suprême.

Un homme politique qui s'efforce de devenir un saint

Qu'ils étaient loin ses premiers jours en Afrique du Sud ! Le petit employé d'Abdulla est devenu, du même pas, un homme politique influent et un avocat extrêmement capable dont les grosses firmes musulmanes paient largement les services. A Durban, il gagnait près de 2 000 livres par an, somme considérable déjà ; à Johannesburg, ses revenus atteindront plus du triple. Il a pris *une charmante petite maison dans un quartier très en vue*[50], il l'a meublée avec soin, il a des serviteurs, s'habille avec recherche, mène *une vie d'aises et de bien-être*[51]. Réussite inespérée, tenacement poursuivie au prix d'un travail acharné et avec un sens aigu des réalités monétaires. C'est la revanche éclatante des premiers échecs, le défi jeté aux Blancs par l'« avocat-coolie » qui se flatte d'ailleurs de l'idée que le prestige ainsi acquis est le *seul moyen de donner plus de crédit à la communauté*[52]. Pourtant à peine a-t-il goûté au succès qu'un malaise l'envahit. Le racisme demeurait aussi humiliant, l'injustice aussi brutale. Allait-il se contenter de paroles ? Nanti, allait-il à son tour fermer les yeux sur tant de misères ? Plus profondément encore, des exigences spirituelles le travaillaient, bouleversant ses plans, corrodant cette espèce de bonheur auquel il était parvenu : *J'étais parti pour l'Afrique du Sud afin de m'évader des intrigues du Kathiyavar et de gagner ma vie... je me retrouvais en quête de Dieu et luttant pour l'accomplissement de mon être*[53]. Gandhi était au tournant décisif de sa vie, au carrefour où s'ouvrait la voie qui le conduirait à la grandeur et à l'héroïsme.

A vrai dire c'était à Londres que, jeune étudiant, il avait franchi, timidement, la première étape. Ayant rejeté l'hindouisme par réflexe de colonisé, il était alors détaché de toute croyance, il se prétendait rationaliste, athée. Mais, depuis près d'un siècle, les travaux des savants européens tiraient la pensée indienne de l'oubli où elle était tombée. De nombreuses éditions et traductions révélaient la qualité, la beauté des *Upanishad*, des *Brâhmana*, de la *Bhagavad Gîtâ* et de tant d'autres textes sacrés. La vague d'intérêt débordant le cercle des orientalistes, Mrs. Blavatsky, après un séjour en Inde, fondait, de concert avec le colonel Olcott, la Société de théosophie (1875) dont les conférences et les ouvrages diffusèrent les idées maîtresses de l'hindouisme plus ou moins amalgamées de philosophie grecque et de spiritualité chrétienne. Par l'entremise de théosophes – il n'en manquait pas parmi les végétariens – Gandhi avait pris connaissance des livres de Mrs. Blavatsky, de ceux d'Annie Besant récemment convertie de la libre pensée au spiritualisme théosophe, il avait lu, pour la première fois, la *Bhagavad Gîtâ* (on entrevoit à quel point l'Inde s'était écartée de ses richesses traditionnelles), découvert le bouddhisme dans le livre enthousiaste d'Edwin Arnold, *la Lumière de l'Asie*. L'Inde n'était donc pas la terre de l'obscurantisme. Et quelle stupeur de voir ces Européens tant jalousés se mettre à l'école de ceux qu'ils avaient conquis, d'entendre un Max Müller élire l'Inde pour patrie spirituelle ! Quel baume pour l'amour-propre ! Fut-il séduit, dès ce temps-là, par l'idéal de fraternité universelle que prêchaient les disciples de Mrs. Blavatsky, par leur foi en l'existence de puissances latentes, sortes de secrets de la nature que l'homme maîtriserait grâce à des méthodes psychophysiologiques appropriées sans s'écarter pourtant du solide terrain de l'expérience scientifique ? Le développement postérieur de la pensée de Gandhi le laisserait croire. Quoi qu'il en fût, il adhéra en 1891 à la Société de théosophie. L'Occident l'avait arraché à l'incroyance en revalorisant à ses yeux l'hindouisme. Mais s'il était sûr dès lors que *personne ne peut vivre sans religion*[54], il fallut la nuit de Maritzburg pour que cette aspiration confuse se muât en la recherche d'une foi et d'une règle de vie. Encore ne savait-il dans quelle voie s'engager. Des croyants de toutes obédiences se dépensaient autour de lui : musulmans qui lui vantaient les grandeurs de l'islam, théosophes assoiffés du message de l'Inde et qui le pressaient de les initier. Des chrétiens de confessions diverses, presbytériens, quakers, méthodistes, l'entraînaient, Bible en main, à participer à leurs cultes. Du Kathiyavar, le jaïn Raychandbhai, une étonnante figure de diamantaire, poète, mystique, s'efforçait par une correspondance suivie de le ramener à la religion de ses pères. Et lui, pris d'un *appétit de connaissances... presque insa-*

tiable[55], entassait les lectures. Aux ouvrages sur le bouddhisme, sur le jaïnisme, sur l'hindouisme d'hier ou d'aujourd'hui s'entremêlaient le Coran, les Proverbes de Zarathoustra, sans parler des opuscules ésotériques, syncrétistes, diétético-religieux dont le pourvoyait le prosélytisme de chacun. Il allait de la *Gîtâ* à la Bible, revenait aux *Upanishad*, en apprenait par cœur de longs passages. Il s'enthousiasmait pour Tolstoï. En même temps Carlyle, des Vies de Mahomet, un récit de la vie et la mort de Socrate lui révélaient la personnalité des *maîtres en religion*, celle du *héros considéré comme prophète*[56]. De secrètes harmonies s'éveillaient en lui ; il pressentait qu'il était de la même race. Bientôt il se sentira investi d'une mission semblable, envoyé pour annoncer à l'Inde, au monde, un *Évangile nouveau.*

D'autres se seraient perdus dans ce fatras. Lui, trop en butte à l'hostilité de la société pour ne pas chercher des compensations intérieures et, d'ailleurs, introverti par tempérament, demandait avant tout à ses lectures connaissance et maîtrise de soi : *L'étude stimulait en moi*, constate-t-il, *le goût de l'introspection en même temps qu'elle nourrissait l'habitude de mettre en pratique... ce qui me séduisait*[57]. Ce qui séduisait au premier chef ce fils de l'Inde, c'était évidemment l'ascèse, *l'idée que le renoncement était la forme suprême de toute religion*[58]. Sans tarder, imperméable aux railleries, il entreprit des *expériences de simplification.* Le voici, un traité sur l'art de laver à la main, blanchissant, amidonnant, repassant, puis, le lendemain, s'improvisant à son foyer cuisinier, boulanger et même, à la naissance de son quatrième fils, sage-femme. Aucune tâche ne le rebutait, aucune ne l'apaisait, au grand dam de son entourage. La pauvre Kasturbai, les joues ruisselantes de larmes, dut en sa compagnie vider les pots de chambre de toute la maisonnée y compris, comble d'horreur pour un hindou de caste, ceux des intouchables que son mari avait accueillis. Mais cela suffisait-il ? Pouvait-il s'en tenir à ces demi-mesures ? Avait-il le droit de se réserver les rares heures de loisir que lui laissait son activité professionnelle et politique ? Se contenterait-il d'en consacrer quelques-unes à un service bénévole dans un dispensaire ? Et ce lépreux qui avait frappé à sa porte, aurait-il dû le renvoyer à l'hôpital même après avoir pansé ses plaies ? Les questions l'assaillaient, abruptes, contraignantes. Jusqu'au jour où surgit l'interrogation ultime : *Comment s'y prendre pour se dépouiller de toutes possessions ? Le corps lui-même n'était-il pas en soi possession suffisante ? Et la femme, les enfants ? Devrais-je supprimer toutes mes étagères pleines de livres ? Renoncer à tout*[59]...

La réponse était sans équivoque[60], il fallait un changement profond du cœur, une conversion de tout l'être. Désormais il suivrait l'exemple des fidéicommissaires qui, *tout en ayant le contrôle de biens considérables, se gardent d'en considérer la moindre parcelle comme leur propriété*[61]. Il résilia sa police d'assurance : la providence veillerait sur sa famille ; il mit tout ce qu'il gagnait au service de qui en avait besoin pour finalement, dépouillé de tout, vivre d'aumônes. Il instaura un régime alimentaire de plus en plus réduit : un peu de lait, des fruits, des légumes, mais plus aucun de ces condiments ou excitants dont les Indiens sont si friands et il se soumit aux jeûnes rituels, fréquents et sévères, de l'hindouisme. Il décida aussi de renoncer aux plaisirs charnels. La lutte préalable fut âpre, les retours en arrière nombreux. Ce fut seulement après la rude expérience de la guerre des Zoulous (1906) – durant laquelle il servit à nouveau comme brancardier volontaire dans l'armée anglaise – et grâce aux méditations faites au cours des longues marches dans les *solitudes solennelles* du Zoulouland qu'il trouva la force de prononcer le traditionnel vœu hindou de *brahmacarya*, vœu de chasteté complète et de contrôle de tous les sens, indispensable *pour un homme qui aspirait de toute son âme à servir l'humanité*[62]. Enfin, à la lecture de *Unto this Last* de Ruskin, *livre immense*, l'idée s'imposa *que le travail de l'homme de loi ne vaut ni plus ni moins que celui du barbier..., qu'une vie de labeur – celle du laboureur ou de l'artisan – est la seule qui vaille la peine d'être vécue*. Il dévora le livre une nuit durant, *sans fermer l'œil* et *se leva avec l'aube, prêt à mettre ces principes en pratique*[63]... Le jour même, il jetait les fondements de la colonie de Phœnix, sorte de phalanstère pour ses disciples. L'entreprise était à la taille de l'homme qui l'imaginait : un terrain vague, infesté de serpents, des baraques en tôle ondulée édifiées à la hâte, une règle monastique. *Chacun devrait travailler dur, gagner sa vie à tarif égal pour tous et s'occuper durant ses loisirs*[64] de l'impression, sur une machine à bras, de l'*Indian Opinion*, le journal dont Gandhi avait assumé la charge (1903). Enfin, comme *il est indigne d'un adorateur de la Vérité d'exercer son métier pour gagner de l'argent*, l'avocat célèbre rêva de se *retirer peu à peu de sa profession, d'aller vivre à la Colonie, d'y gagner sa vie en travailleur manuel*[65].

L'*Autobiographie* narre complaisamment ces *expériences*, avec une bonhomie semi-naïve, une humilité sincère mais frémissante de l'ivresse de l'autocritique. A la manière d'un J.-J. Rousseau ou d'un Tolstoï. Tout s'entremêle : la volonté certaine de pauvreté libératrice, le fétichisme du dénuement, l'impatience du lien à autrui qu'implique tout service reçu, la révolte devant les affronts, celui que lui inflige par exemple le coiffeur « blanc » qui refuse de couper ses cheveux « noirs », et la générosité de qui veut servir et non être servi. Si, gros mangeur, Gandhi réduit ses repas en nombre et en quantité, si son régime végétarien devient de plus en plus strict, s'il prétend être son médecin et celui de sa famille, c'est que l'hygiène, la diététique, les cures par l'eau et la terre font partie de ses marottes. Il s'est entiché des théories naturistes de Khune, de Salt car, très prosaïquement, elles lui semblent propres à le soulager de ses migraines, de sa constipation opiniâtre. Mais c'est aussi que la sagesse indienne lui a enseigné dès son jeune âge que la violence des passions est fonction de la nature des aliments, qu'une nourriture tamasique entraîne un état tamasique, une nourriture sattvique un état sattvique[66] : *Comme il mange, ainsi devient l'homme*[67]. Or il veut devenir maître de lui. Bientôt il lui apparaîtra également que manger à sa faim dans un monde sous-alimenté est un vol. La chasteté, telle qu'il la conçoit, n'est pas moins ambiguë. Branche de l'hygiène, *seul moyen de maintenir une bonne santé* car la pureté totale rend la maladie impossible, la continence assure en outre *la croissance des pouvoirs physiques et mentaux*[68]. Il en est sûr, l'énergie vitale accumulée par l'abstinence sexuelle est *le plus riche capital qu'un homme puisse posséder*[69]. *Tout pouvoir vient de la préservation et de la sublimation de la vitalité qui est à l'origine de la procréation... Celui qui est capable de la conserver en tire une force sans cesse renouvelée, la transmue en une énergie créatrice de l'ordre le plus haut, mais celui qui la gaspille devient lâche et efféminé*[70]. La sévère technique du yoga et, avec elle, les composantes magiques de l'ascèse indienne apparaissent ici en filigrane, mais transposées, purifiées, par une perception très haute de la valeur spirituelle de la chasteté. N'empêche que la doctrine vient également à point pour justifier l'espèce d'horreur que Gandhi, comme l'auteur de *la Sonate à Kreutzer*

– est-ce par un ressentiment identique envers l'objet de son désir ? –, éprouve pour tout ce qui est charnel.

On pourrait multiplier ces remarques et ainsi, cherchant à discerner les mobiles de Gandhi, pénétrer plus avant dans le monde souterrain que, comme tout homme, il porte en lui. On verrait apparaître, lovée au creux de cette ascèse, une volonté de puissance exacerbée par les humiliations et d'autant plus tendue qu'elle vise dès lors au pouvoir spirituel. On mettrait aussi l'accent sur les particularités d'« un caractère... vraiment singulier » présentant, à l'instar de maintes grandes personnalités, P. Meile n'a pas craint de l'écrire, « un côté tout à fait anormal[71] ». Mais à quoi bon ? Si large que soit le champ ouvert à l'analyste par les confessions de Gandhi, l'essentiel n'est pas là. L'essentiel, c'est la voie où il s'engage, la courbe que délibérément il imprime à sa vie. Il préfère à toutes facilités l'effort intérieur. Il veut conquérir la force, force de l'âme et force du corps au service de l'âme ; il veut, d'une volonté inflexible, concentrer, décupler cette force pour la mettre au service d'autrui ; il veut tout abandonner, et avant tout lui-même, pour être libre, pour combattre. Passion de la justice, pitié pour ses *frères humains*, immense générosité fondée sur la certitude absolue de ne pouvoir approcher Dieu qu'a travers l'amour pour les hommes : *Servir est une religion et j'avais embrassé cette foi dans le sentiment que ce n'était qu'en servant qu'on pouvait atteindre à Dieu*[72]. La soif du salut, un mysticisme ardent le pressent, transmuant les actes quotidiens en une recherche sans relâche de l'*Absolue Vérité. Ce que j'ai tenté laborieusement, langui de mener à bien ces trente années*, écrira-t-il en 1925, *c'est d'atteindre à l'accomplissement de soi, de voir Dieu face à face, de parvenir à la Délivrance. Je ne vis, je ne me meus, je n'ai d'être que dans la poursuite de cette fin. Tout ce que j'accomplis par la parole ou l'écrit, comme toutes mes aventures dans le domaine de la politique, tend vers cette même fin*[73].

Au confluent de l'Orient et de l'Occident

Au cours de cette puissante évolution intérieure, Gandhi avait également trouvé une religion répondant à ses aspirations, découvert les grands principes de ce qui deviendra la non-violence. Sous l'influence de la Bible, de la *Bhagavad Gîtâ* et des écrits de Tolstoï, brassés et remaniés.

La Bible, plus exactement le Nouveau Testament, car l'Ancien – pouvait-il en être autrement ? – le rebuta. Mais le *Sermon sur la Montagne* lui alla droit au cœur. *Lorsque je lus : ne résistez pas à qui vous fait du mal mais quand on vous frappe sur la joue droite, présentez la joue gauche, ou, aimez vos ennemis et priez pour ceux qui vous persécutent, je fus comblé de joie*. C'était la *confirmation inattendue* d'une maxime gravée en lui dès l'enfance : *Donner un verre d'eau en échange d'un verre d'eau n'est rien ; la vraie grandeur consiste à rendre le bien pour le mal*[74]. C'était, encore informe mais d'une portée décisive, le premier pressentiment de la non-violence. Désormais la Bible, devenue une *partie de ses Écritures*[75], figure parmi les livres dont il ne se sépare pas, il y cherche continûment *lumière et réconfort*. D'où l'affleurement spontané sous sa plume ou sur ses lèvres d'expressions, symboles, thèmes chrétiens, sans parler des innombrables citations textuelles, témoignages de l'admiration qu'il voue à la personne de Jésus et à son enseignement. Le Nouveau Testament a nourri sa spiritualité, animé sa vie d'un souffle évangélique.

Pensa-t-il vraiment à se convertir au christianisme comme il l'a laissé entendre à maintes reprises ? Il est permis d'en douter. Trop d'obstacles se dressaient, infranchissables. Outre que l'affirmation de la transcendance absolue du christianisme heurtait sourdement en lui, comme en tant d'Indiens, la fierté nationale, il ne pouvait admettre ni que Jésus fût l'unique incarnation de Dieu, ni que les êtres humains fussent seuls à avoir une âme. De surcroît, pour son esprit porté au syncrétisme, que cette tendance atavique ait été ou non renforcée par la théosophie, par l'Esoteric Christian Society dont il fut longtemps un propagandiste zélé, l'armature du christianisme – et plus généralement n'importe quelle religion charpentée – était inacceptable en son intégralité ; tous les prophètes, tous les avatârs, Krishna, Râma, le Buddha, Jésus, Mahomet – et n'oublions pas Socrate – sont également grands, toutes les religions ont une part de vérité ; mais pour autant qu'elles s'excluent ou sont en contradiction, elles ne le satisfaisaient pas. La vérité est multiforme. *Sept aveugles donnaient sept descriptions différentes de l'éléphant ; tous avaient raison de leur point de vue, tort du point de vue de l'autre et tort et raison à la fois du point de vue de celui qui connaît l'éléphant*[76]. Ce dont il rêve, c'est une religion universelle, quintessence de toutes les religions, « superreligion » d'amour, de fraternité mondiale, acceptable pour tout croyant. Plus enraciné cependant dans ses traditions ancestrales qu'il n'en avait conscience, il eut en définitive le sentiment *lorsque*, dit-il, *mon âme eut retrouvé son équilibre, qu'il n'y avait pour moi de salut possible que dans la religion hindoue et ma foi devint plus profonde et plus éclairée*[77]. Comprenons qu'il adhéra à un hindouisme passablement hétérodoxe, passé au crible de la critique, débarrassé de maintes *excroissances* et où les croyances constitutives de l'indianité (transmigration, *karman*, panthéisme plus ou moins teinté de monisme) et les conceptions et exigences chrétiennes (particulièrement l'amour souffrant et rédempteur) coexistaient vaille que vaille, plus ou moins détachées de leurs fondements, transposées les unes et les autres, et les unes par les autres, sans conciliation ni cohérence interne, unies seulement par la façon exemplaire dont il y conformera sa vie.

La *Bhagavad Gîtâ* fut l'instrument majeur de ce retour aux sources et le guide permanent, tout comme l'Évangile, de sa pensée. En soi le fait n'a rien de surprenant, bien au contraire. Ce poème d'ardentes effusions mystiques, que l'Inde a inlassablement médité, commenté, achemine à la Délivrance non par la sèche connaissance intellectuelle mais par la *bhakti* (amour divin) et par l'action désintéressée. « Celui qui n'agit qu'en vue de moi, dont je suis le tout, qui se dévoue à moi, qui, libre de toute attache, ne connaît de haine pour aucun être, celui-là, ô Pândava, parvient à moi [78]. » Assoiffé de divin, émotif par tempérament, Gandhi trouvait, de versets en versets, la forme religieuse adaptée à ses aspirations et le moyen de les réaliser. A pleines mains il recueillait les enseignements de détachement : faire table rase des sentiments personnels, supprimer l'attention aux objets des sens, rompre ainsi la chaîne qui, de l'attrait pour les plaisirs, en passant par le désir, la colère, l'égarement, aboutit à la ruine de la raison et à la mort. Il s'identifiait au yogin « sans haine pour aucun être, tendre, pitoyable..., dénué d'égoïsme, patient jusqu'à l'indifférence au regard de la souffrance et du plaisir... maître de soi, l'esprit pacifié dans la divinité », homme de paix car de lui « les hommes n'ont rien à redouter et il ne redoute rien des hommes [79] ». N'était-ce pas la voie pour posséder son âme, traiter pareillement ami et adversaire et, ainsi, être armé pour opposer le bien au mal dans une lutte politique sans violences ? *Triomphe*, s'écrie Gandhi, *des deux grands ennemis, le désir et la colère*[80]*... Celui qui est libre d'attachement ne tuera pas son ennemi mais se sacrifiera lui-même. Tuer un ennemi procède de l'impatience et l'impatience procède de l'attachement*[81]. Mais là surgit le paradoxe. Car si la *Gîtâ* pose fermement le problème de l'objection de conscience, son orientation générale est aux antipodes de celle que lui confère ainsi Gandhi. Les arguments religieux, sociaux, politiques qu'accumule le chant sacré, en les revêtant de l'autorité de Krishna, visent tous à renvoyer au combat le guerrier Arjuna qui, au seuil de la grande bataille entre les Kaurava et les Pândava, tente de se dérober. Qu'il se débatte « aveuglé par un flot de larmes[82] », l'âme étreinte d'angoisse devant le massacre et les malheurs qui en résulteront, ce n'est pour la divinité que « défaillance misérable, pensées troubles, indignes d'un ârya[83] ». « Te refuser à cette lutte légitime, ce serait forfaire à ton devoir, à l'honneur et tomber dans le péché[84]. » Si bien qu'Arjuna reprend les armes. Sur tout le poème planent une « sombre violence[85] », un mépris cosmique de la vie individuelle, inéluctablement vouée à la mort par un décret divin dont le guerrier n'est que l'instrument irresponsable. Étrange bréviaire de non-violence ! Ne nous étonnons pas trop toutefois. En dépit des exégèses subtiles auxquelles Gandhi recourt, il sait fort bien que *la Gîtâ n'est pas un traité de non-violence, elle n'a pas été écrite pour condamner la guerre*[86]. Mais il la lit comme il lit les Évangiles, dans un esprit de libre examen ou, plus précisément, *à la lumière d'une pieuse méditation des autres fois et, ce qui est plus*, déclarait-il, *à la lumière de mes propres expériences*[87]. Il a *senti* qu'elle symbolise la lutte du Bien et du Mal et qu'*elle n'introduit la guerre physique que pour rendre plus attirante la* *description du duel intérieur*[88]. En somme, ne retenant que ce qui s'accordait à son rythme personnel ou servait son propos, il imposait à la *Gîtâ*, et à travers elle à l'hindouisme, une *interprétation nouvelle* qu'il déclarait *naturelle et logique*[89], mais dont il était en réalité redevable à Tolstoï.

Le mage d'Iasnaïa Poliana était alors au faîte de sa gloire. Autant que *Guerre et Paix* ou *Anna Karénine*, ses écrits idéologiques, aujourd'hui poussiéreux, lui conféraient une audience mondiale. *Le royaume de Dieu est en vous* était parvenu entre les mains de Gandhi dès son premier séjour à Pretoria. Il fut aussitôt enthousiasmé. *Devant l'indépendance de pensée, la profondeur de vues morales et le souci de vérité de ce livre, tous ceux que m'avait donnés Mr. Coates* (un missionnaire quaker qui l'avait *bourré*[90] d'ouvrages religieux) *devenaient pâles et insignifiants*[91]. Vinrent ensuite *le Résumé des Évangiles, Que devons-nous faire ?, Quelle est l'issue ?, l'Esclavage de notre temps, Qu'est-ce que l'art ?* et les *Confessions* et *Ivan l'imbécile* et la *Lettre à un Hindou*. Gandhi en fit une *étude très attentive*[92], s'en imprégnant des années durant, calquant ses expériences de simplification sur celles de Tolstoï, adoptant avec ferveur ses théories. Triés, interprétés, prolongés par Tolstoï, les enseignements des Évangiles prenaient la plénitude de leur sens : *Je me rendais de plus en plus compte des possibilités infinies de l'amour universel*[93]. Tout ce que Gandhi pressentait, désirait, tout ce que, livré à lui-même, il n'aurait peut-être pas osé penser, était établi par Tolstoï, confirmé en vérités. De cette lente et totale assimilation surgit en 1909 *Hind Swarâj*.

L'opuscule, rédigé *des deux mains* dans une sorte de fièvre sur le bateau qui ramenait Gandhi de Londres en Afrique du Sud, publié aussitôt dans l'*Indian Opinion*, traduit ensuite du gujrati en anglais, est de tous ses écrits le plus important, le plus lourd assurément de significations. C'est, dans la verdeur encore acide du premier jet, le manifeste de sa pensée et l'annonce de toute son action future. Idées directrices, vues religieuses, morales, sociales, politiques, mouvement et outrance des jugements, tout, jusqu'au style, est repris ou dérive de Tolstoï, alors même que, écho des discussions qui opposèrent à Londres Gandhi et les terroristes indiens, tout est fonction de la libération de l'Inde. Ce que doit être cette libération, comment il envisage de l'accomplir, on le verra par la suite. *Hind Swarâj* est un livre prophétique où, vingt, trente ans d'avance, Gandhi, avec une sûreté, une précision confondantes, établit son plan de combat, soutenu et porté par le message de Tolstoï. Dieu est Vérité, Amour, et l'Amour la loi de la vie ; la fraternité universelle est la seule religion authentique ; la conscience, la *silencieuse petite voix intérieure*, le juge absolu, irrécusable de nos obligations. La civilisation moderne doit être rejetée : le progrès est fauteur de guerres et de violences ; la vraie civilisation ne se trouve que dans la sainte simplicité de vie du paysan, de l'artisan qui travaillent de leurs mains, subviennent à leurs besoins. Au mal, à la violence on opposera non la force physique mais la résistance passive, force invincible de l'âme, de l'amour : vie personnelle et vie politique ne doivent pas être régies par deux morales différentes. La violence étant inhérente à l'État et à ses systèmes de contrainte, les réformes institutionnelles ne servent à rien ; ce sont les hommes qu'il faut réformer pour assurer, vierge de toute violence, la cohésion de la société, l'entente mutuelle, par le lien moral, intérieur de l'amour. Tout le système tolstoïen est la trame d'*Hind Swarâj* et, dorénavant, le fondement de la pensée et de l'action de Gandhi.

Lorsqu'en 1910 il soumettra cet ouvrage au maître

tant admiré, celui-ci reconnaîtra ses théories habillées à l'indienne et de tout le poids de sa gloire confirmera son disciple dans sa mission. Il saluera son activité au Transvaal comme « le travail le plus important qui soit actuellement fait dans le monde... auquel toutes les nations de la terre participeront inévitablement[94] ». Désormais Gandhi, convaincu qu'il doit « conduire un mouvement destiné à porter un message aux peuples opprimés de la terre », maintiendra sa vision du monde telle qu'elle lui est apparue dans la mouvance de Tolstoï. Mais entre l'Indien et le Russe se creusera d'année en année le fossé qui sépare l'homme d'action du velléitaire. Non seulement Gandhi parviendra à une sainteté qui ne fut pour Tolstoï qu'un rêve, mais la doctrine s'amplifiera ; elle se gonflera de valeurs typiquement indiennes : la non-résistance au mal par le mal deviendra *satyâgraha*, non-violence ; une technique de masse sera élaborée, éprouvée dans les luttes réelles ; des nuances seront introduites et des concessions acceptées car *parfois le poison sert de remède au poison*[95]. Gandhi assouplira ses jugements chaque fois que cela lui paraîtra nécessaire. Sens des lentes maturations, des limites imposées par la condition humaine. Les difficultés auxquelles il se heurtait le contraignaient au réalisme.

Naissance du satyâgraha

Le 22 août 1906 fut publié au Transvaal un projet de loi enjoignant aux Asiatiques, hommes, femmes et enfants au-dessus de huit ans, sous peine d'amende, prison, travaux forcés et même expulsion, de se faire inscrire sur les registres de police afin de présenter à toutes réquisitions, y compris celles à domicile, un certificat d'identité muni des empreintes des dix doigts (en fait les dix doigts d'abord, plus chaque main sans le pouce). Les Indiens furent atterrés. Quelques mois auparavant, ils avaient fait renouveler volontairement leur certificat de domicile, ce sur le conseil de Gandhi auquel le gouvernement avait promis que les pièces d'identité ainsi obtenues conféreraient le droit définitif de résider et de circuler dans le pays. Non seulement les dirigeants du Transvaal revenaient sur leur parole mais, par sa teneur comme par ses modalités, la loi s'annonçait particulièrement arbitraire et infamante. Habituellement on n'exigeait l'empreinte du pouce que des analphabètes incapables d'apposer leur signature ; quant à l'empreinte des dix doigts, seuls les criminels de droit commun y étaient astreints ; les femmes étaient toujours exemptées de ces formalités. A l'idée qu'elles auraient à s'y soumettre, les musulmans, les hindous eux-mêmes, étaient soulevés d'horreur. Que dire alors du droit donné aux policiers de pénétrer dans les maisons ! D'autre part, le terme « asiatique » confondait, à dessein, les Indiens avec n'importe quel étranger originaire de cette partie du monde dont, et ce n'était pas le moindre danger, les 50 000 Chinois récemment introduits en Afrique du Sud pour l'extraction de l'or. Circonstance aggravante, ces mesures étaient élaborées alors que le Transvaal était encore (en vertu du traité de Vereeniging) dans la dépendance complète de la Couronne. Une fois de plus (depuis 1902 les vexations s'étaient accumulées : refus de licence de commerce, expropriations, quartiers réservés à la périphérie des villes) les droits des Indiens étaient bafoués et reniée la promesse solennelle qu'en tout pays où flotterait le drapeau anglais, les Indiens seraient traités en citoyens britanniques.

Le 11 septembre 3 000 délégués du Transvaal, réunis à l'appel de Gandhi au théâtre de l'Empire à Johannesburg, jurèrent de ne jamais se soumettre, quoi qu'il pût leur en coûter, à cette Loi asiatique, stigmatisée du nom de Loi noire.

Gandhi recourut d'abord aux moyens légaux : pétitions, campagne dans l'*Indian Opinion*. Il alla à Londres fin 1906, conduisit auprès du secrétaire d'État aux Colonies une délégation d'Indiens et de personnalités anglaises : Lord Ampthill, Lord Stanley, Sir Lepel Griffin, qu'il avait gagnées à sa cause. Tout échoua, malgré le désir avoué des Anglais de trouver un compromis, malgré l'adresse avec laquelle Gandhi avait fait appel à leur fierté nationale, à leur *fair play*, voire à leur vanité. Dès que le général Botha fut à la tête du nouveau Gouvernement autonome, la Loi noire entra en vigueur : tous les Indiens (la clause concernant les femmes avait néanmoins été supprimée) devraient être inscrits le 31 juillet 1907.

Pour Gandhi il n'y avait plus de doute. Le loyalisme, dont il avait toujours fait preuve, ne suffirait plus. Une épreuve de force était inéluctable : *Les Anglais et les Boers commenceront à nous respecter le jour où ils comprendront que nous sommes capables de leur résister*[96]. Recourir à la violence ? Il n'y songeait pas. Elle répugnait à ses convictions et, d'ailleurs, il le savait, elle aurait été inopérante. Il proposa alors, pour la première fois, la résistance passive. Il fallait *refuser de se soumettre, souffrir les pénalités prévues... et ainsi...*, disait-il, *manifester notre force d'âme assez longtemps pour éveiller la sympathie des hommes d'État et des législateurs*[97]. L'emploi de cette force imposait à tous la souffrance, la pauvreté, la prison. *Si nous échouions, ce serait de toute évidence que nous n'aurions pas assez souffert.*

Les luttes des suffragettes, les manifestations qu'elles avaient organisées et dont il avait été le témoin durant son séjour à Londres avaient encouragé Gandhi à prendre cette décision. Il avait admiré le courage de ces femmes, noué des relations personnelles avec Mrs. Pankhurst et Mrs. Despord, puis compris le parti qu'il pouvait tirer de leurs méthodes. L'embarras des policiers devant des gens qui leur opposaient la force d'inertie, les mouvements d'opinion qui en résultaient, la surcharge des prisons étaient autant d'armes. Il entendait toutefois mener un combat où ni la haine ni la violence, même à terme, n'auraient place. Aussi, lorsqu'on lui fit remarquer que la résistance passive ne les excluait pas, qu'en outre elle pouvait n'être qu'une arme de faibles, chercha-t-il un nom nouveau qui traduirait sans équivoque son idéal. C'est alors qu'il forgea le terme *satyâgraha*, étreinte de la Vérité (*satya* vérité, *âgraha* saisie), désignant *l'action directe et efficace* pour l'obtention de la justice, de la vérité.

Fin 1907, 511 Indiens seulement s'étaient fait inscrire. Gandhi, arrêté ainsi qu'une vingtaine de chefs, plaida coupable devant la Cour, très gênée d'avoir à sévir contre un de ses avocats les plus estimés, et fut condamné à deux mois de prison. A sa suite, 1 500 Indiens furent incarcérés. Au bout d'un mois, acquiesçant à une ingénieuse proposition de Gandhi, Smuts, ministre chargé des relations avec les Indiens, s'engagea à abroger la Loi asiatique si ceux-ci se faisaient inscrire « volontairement ». Gandhi, libéré, donna le premier l'exemple. Peu s'en fallut que ce geste lui coûtât la vie car un Pathan, que la subtile distinction de l'inscription « volontaire » avait déconcerté, se crut trahi, roua Gandhi de coups, le laissant à demi mort. *A la réflexion, je compris qu'il était inutile de craindre la mort*[98]. Mais, rusé et têtu, Smuts, revenant sur sa parole, stipula qu'il n'abrogerait la Loi qu'à condition d'exclure du Transvaal les Indiens instruits. C'était priver la communauté de ses chefs. « Le gouvernement a décidé de faire de ce pays un pays de

Blancs. » Les Indiens ripostèrent en brûlant, au cours d'un meeting, quelque 2 000 bulletins d'inscription « volontaire » puis en enfreignant ouvertement les lois frontalières Transvaal-Natal et les lois sur le colportage. Gandhi fut incarcéré à nouveau d'octobre à décembre 1908, puis de février à mai 1909. De lourdes peines avaient été requises : régime des prisonniers de droit commun, cellule partagée avec les Noirs, travaux forcés. On vit Gandhi dans les rues de Johannesburg, mêlé aux détenus que les gardiens conduisaient sur les chantiers, vêtu du treillis réglementaire, crâne rasé. Maltraité, humilié, faisant dans sa propre chair la dure expérience du *satyâgraha*, il connut les heures d'extrême fatigue où l'esprit doute. La mort ne serait-elle pas préférable ? Avait-il le droit d'entraîner dans un sort si misérable les cœurs simples qui lui avaient donné leur confiance ?... Hésitations passagères où se trempait sa force intérieure. Pour s'affermir il relisait Tolstoï, la Bible, Ruskin ; il évoquait l'exemple de Jésus, de Daniel, de Socrate qui *recourut au satyâgraha contre ses compatriotes, ce qui fit des Grecs un grand peuple*[99]. Un jour il découvrit dans la bibliothèque de la prison – par quel hasard, par quelle ironie du sort cet ouvrage s'y trouvait-il ? – le *Devoir de la désobéissance civile* de l'essayiste américain Thoreau, incarcéré pour avoir refusé de payer ses impôts par révolte contre l'esclavage. Ce fut le rayon de lumière, Dieu lui-même venait à son secours... *Le magistral traité de Thoreau... m'apportait la confirmation scientifique de ce que j'étais en train de faire*[100]. La prison était le vrai lieu de la liberté spirituelle, « le seul endroit, écrivait Thoreau, où, dans un État esclave, un homme libre pouvait résider en sauvegardant son honneur... Je ne pouvais que sourire de leurs précautions pour boucler la porte sur mes méditations qui les suivaient à l'extérieur en toute liberté... Comme ils ne pouvaient pas m'atteindre, ils avaient résolu de punir mon corps[101] ». Et de son corps Gandhi ne se souciait plus.

A ces premières escarmouches succéda de 1909 à 1912 une période de *satyâgraha* larvé, entraînant amendes, prison, retours forcés en Inde. Gandhi, tout en alertant l'opinion et en propageant sa doctrine de résistance passive, ne pouvait guère, pour l'instant, que panser les plaies. Des amis fervents l'entouraient, le théosophe Richt, Polak, Kallenbach. Ce dernier, richissime architecte allemand, avait d'abord étonné Gandhi *par son amour du luxe et de l'extravagance* puis, gagné à la cause des Indiens, subjugué par la personnalité de leur chef, il avait fait don de ses biens aux résistants. Ses libéralités, jointes à celles du Congrès national indien et du magnat Ratan J. Tata, permirent d'acheter à 40 km de Johannesburg un vaste terrain aussitôt baptisé ferme Tolstoï. Une cinquantaine de *satyâgrahi* s'y installèrent avec femmes et enfants. Ils y trouvaient un abri, du travail. Aux yeux de Gandhi c'était en outre le cadre rêvé pour *suivre et promouvoir les idéaux proposés par Tolstoï et Ruskin*, pour s'entraîner à la force de l'âme en vivant conformément aux principes du *satyâgraha*. Nourriture – sans sel parce que excitant les passions –, vêtements, abstention de relations sexuelles même entre mari et femme, jeûnes, le régime était tel qu'en comparaison la prison, le jour venu, paraîtrait un *palais*. Une vie religieuse fervente, méditations quotidiennes, prières communes, pratiques austères purifiaient et exaltaient les cœurs. Kasturbai dirigeait la cuisine, Kallenbach fabriquait des sandales, Gandhi participait aux activités agricoles, artisanales, était le maître d'école des enfants, le médecin, l'infirmier, le conseiller, le guide spirituel et, lourde tâche, maintenait la bonne humeur. Ce qui ne l'empêchait pas de se rendre fréquemment, à pied de préférence, à Johannesburg où l'attendaient ses multiples obligations politiques et professionnelles.

Brève accalmie. En dépit d'incessantes tractations et des promesses faites lors du voyage en Afrique du Sud du nationaliste indien Gokhale, le gouvernement publia (juin 1913) une nouvelle loi d'immigration qui mit Gandhi dans une situation difficile. S'il ne voulait pas laisser libre cours à l'oppression, il fallait relancer le *satyâgraha* dans tous les États de l'Union. Mais comment ? Le bilan de la première campagne était lourd : souffrances, emprisonnements, dizaines de milliers de roupies englouties, expulsion du Transvaal de la moitié des Indiens. Les marchands avaient retiré leur appui, les musulmans ne pouvaient comprendre les méthodes de résistance passive. Le Congrès national indien, les industriels n'allaient-ils pas, eux aussi, se lasser de financer ce combat désespéré dont les troupes se réduisaient à une poignée d'hommes ? Mais pourquoi perdre courage ? *Le Prophète était seul, Jésus n'avait que quelques disciples*[102]. Jouant de l'irritation soulevée par une mesure portant atteinte à la validité des mariages indiens, Gandhi enrôla les femmes. Elles auraient la force de souffrir et leur présence rendrait la répression plus odieuse. Car sa tactique se précisait : par des infractions organisées, répétées, obliger le gouvernement à reconsidérer les problèmes ou l'acculer, bon gré mal gré, à une répression massive qui soulèverait l'opinion sur place, en Angleterre, en Inde. Des commandos de femmes menés par Kasturbai contrevinrent aux lois frontalières du Transvaal, tandis que d'autres Indiennes, certaines enceintes ou leur bébé sur les bras, allaient de mine en mine inciter à la grève les travailleurs sous contrat. 3 000 d'entre eux répondirent à cet appel. Smuts arrêta les provocatrices. La grève s'étendit. Victoire à la Pyrrhus car Gandhi n'avait pas prévu une si large audience. Nourrir, abriter les milliers de malheureux qui affluaient auprès de lui à Newcastle (ils étaient 15 000 dans un village de 3 000 habitants), remédier à leur inaction, les empêcher surtout de recourir à la violence, au pillage alors que certains d'entre eux étaient d'anciens repris de justice, devenait une tâche surhumaine. Il imagina alors une marche vers la prison. A la tête de 5 000 hommes, femmes et enfants, misérable *colonne de pèlerins*, déguenillés, affamés et enthousiastes, il quitta Newcastle à pied le 28 octobre pour franchir sans autorisation la frontière Natal-Transvaal. Si le gouvernement n'intervenait pas, ils trouveraient refuge à la ferme Tolstoï. Les 55 km qui séparent Newcastle de la frontière furent parcourus si douloureusement, les frais étaient si lourds que Gandhi tenta de négocier avec Smuts, mendia même l'emprisonnement général immédiat. Le 6 novembre, la moitié de la troupe – les autres s'étaient lassés de tant de misère – entra au Transvaal et continua d'avancer à raison de 35 km par jour, pieds nus, sans autre nourriture qu'un peu de pain et de sucre, mais dans un ordre parfait. Enfin le gouvernement réagit. Gandhi fut arrêté et relâché quatre fois en trois jours, puis condamné à neuf mois de détention tandis que des trains ramenaient les manifestants vers les prisons du Natal. La *Marche épique* était terminée. Mais pas ses répercussions. Une énorme grève de solidarité, violente celle-ci en son principe et ses manifestations, se déclencha parmi l'ensemble des travailleurs indiens, dans les raffineries, sur les plantations, les docks. Smuts crut son heure venue, il opposa une répression brutale. Une dizaine d'Indiens furent tués par les charges de police, les mines transformées en camps de détention. Aussitôt des prisonniers entreprirent des grèves de la faim. A ces nouvelles l'Inde fut soulevée d'indignation. Le vice-roi, Lord Hardinge, dans un discours sévère pour le gouvernement de l'Union sud-africaine et ses « lois odieuses », exigea une commission d'enquête. Londres s'émut à son tour. Le 18 décembre, Smuts – *il était dans la situation fâcheuse du serpent qui a absorbé un rat et ne peut ni l'avaler ni le rejeter*[103] – dut relâcher Gandhi. Celui-ci, outré du choix scandaleusement partial des membres de la Commission et du fait qu'aucun Indien n'était consulté, invitait ses compatriotes à reprendre le *satyâgraha* pour que *le feu de Dieu ne descendît pas sur eux avec le mépris de tout l'Empire britannique*[104], lorsqu'une grève, à l'état larvé depuis des mois et, du reste, sans aucun rapport avec le mouvement indien, éclata parmi les employés blancs des chemins de fer et se généralisa. La loi martiale fut proclamée. Décidément Smuts jouait de malheur : l'anarchie allait-elle gagner tout le pays ? Gandhi exploita immédiatement la situation, à sa manière : il renonça à une nouvelle campagne de résistance passive. Il était contraire à l'esprit de vérité et d'amour *d'embarrasser l'adversaire*. Les journaux, les télégrammes, les lettres qui affluèrent de l'Angleterre et de l'Inde, célébrèrent sa magnanimité. En fait, par une de ces heureuses rencontres qui, pour Gandhi, étaient inhérentes à une action de vérité, la fine politique trouvait son compte à ce geste généreux. Car le *satyâgraha* ne risquait plus d'être compromis par les revendications salariales des Européens ou les violences diverses, et Smuts était devenu l'obligé de Gandhi devant l'opinion mondiale. Que pouvait-il contre cet adversaire qui lui venait en aide ?

Un premier accord fut conclu le 21 janvier après de laborieuses tractations où le pasteur Andrews, venu de l'Inde et dès lors un des plus chers amis de Gandhi, joua entre celui-ci et Sir Robertson, délégué du vice-roi, un rôle important. Le 30 juin 1914 le *Smuts-Gandhi Agreement* fut signé : la taxe de trois livres, qui accablait les travailleurs depuis vingt ans, était abolie, la remise des arriérés consentie, les tracasseries sur la validité des mariages indiens abandonnées ; un certificat de domicile portant l'empreinte du pouce ferait foi du droit d'entrée ; la Loi noire se trouvait du même coup abrogée. Nombre d'Indiens jugèrent minces ces résultats pourtant substantiels, parmi les musulmans surtout qui, accusant Gandhi de partialité pro-hindoue, l'attaquèrent avec une telle virulence qu'il craignit pour sa vie et dicta minutieusement ses dernières volontés. Ils auraient voulu poursuivre la lutte ! Mais Gandhi, pour qui les craintes des Blancs face à l'expansion indienne étaient sinon légitimes, du moins compréhensibles, n'avait jamais cessé d'affirmer qu'il fallait maintenir à tout prix les principes, accepter en pratique les compromis nécessaires, quitte à lutter sans trêve contre les abus inévitables[105]. La législation ne confondait plus les Indiens avec tous les Asiatiques, elle reconnaissait officiellement leurs droits de citoyens britanniques. Il n'y avait donc plus, légalement, de discrimination par la couleur de la peau, la *racial bar* était supprimée. Si l'on se rappelle la situation antérieure des Indiens, c'était assurément une belle victoire à mettre à l'actif de la résistance passive. A Gandhi cette campagne apparaîtra toujours comme le modèle du genre et il s'y reportera aux heures difficiles de l'indépendance de l'Inde.

Triomphalement fêté au Transvaal et au Natal, il s'embarqua le 18 juillet 1914 pour un départ définitif. Il avait quarante-cinq ans, il était en pleine possession de sa personnalité et de ses moyens d'action. Il lui tardait de faire dans son propre pays l'expérience du *satyâgraha, remède infaillible pour les maux innombrables dont souffrait l'Inde... seule arme appropriée*, disait-il, *à notre génie national et à notre pays*[106]. Son regard embrassait même de plus vastes horizons : depuis 1906 Dieu l'avait élu pour *répandre la vérité et la non-violence dans l'humanité en les substituant dans toutes les démarches de la vie à la violence et au mensonge*[107].

À LA CONQUÊTE DE L'INDÉPENDANCE

Hind Swarâj exposait tout ensemble l'idéologie de Gandhi et les principes fondamentaux de l'action qu'il comptait mener en Inde. L'indépendance était l'objectif. Mais de cette indépendance il se faisait, dans le sillage de Tolstoï, une conception toute personnelle. Chasser les Anglais ne suffisait pas ou, plus exactement, n'était pas nécessaire. Car l'Inde n'était pas asservie par les Anglais, mais par leur civilisation. *Civilisation satanique*[108]*... qui ne se soucie ni de moralité ni de religion*[109], elle réduit les ouvriers à une *condition pire que celle des bêtes*[110], elle fait des Européens de pauvres êtres *à demi fous*[111], atteints de *maladies inimaginables*[112], dépourvus de force et de courage même quand l'usage des excitants leur donne l'apparence contraire[113]. La situation de l'Angleterre est *pitoyable*[114] ; le Parlement anglais, ce modèle de démocratie follement admiré par les Indiens, n'est qu'une *prostituée*[115]. Le machinisme, les hommes de loi, les médecins sont des *nids de serpents*[116], coupables de ruiner le corps et l'âme. Les chemins de fer *propagent le mal*[117]*... développent le mauvais côté de la nature humaine*[118]. Avocats et magistrats *enseignent l'immoralité*[119], ils attisent les dissensions, renforcent l'inimitié hindoue-musulmane – *en vérité les hommes étaient moins inhumains lorsqu'ils vidaient leurs querelles en se battant*[120]. Les médecins, en enrayant les maladies, ce châtiment naturel des excès et des vices, affaiblissent la volonté, *les hôpitaux sont des institutions pour propager le péché*[121]. Par chapitres entiers *Hind Swarâj* jette ainsi l'anathème sur toutes les formes de progrès, sur tous les modes de vie modernes, condamnables en eux-mêmes et parce qu'ils assurent la mainmise sur la colonie. *Les Anglais n'ont pas pris l'Inde, nous la leur avons donnée*[122] en acceptant leur civilisation. *Écrasée non sous la botte anglaise mais sous la civilisation moderne, elle* (l'Inde) *gémit sous le poids terrible de ce monstre*[123], d'autant plus redoutable qu'on l'admire aveuglément, *prenant ses méfaits pour des biens*[124]. Mais ce qui faisait le malheur de l'Inde était aussi source d'espoir : *Seuls ceux qui ont été touchés par la civilisation occidentale sont réduits en esclavage*[125]*... Les Anglais ne gouvernent pas ceux qu'elle n'a pas atteints*[126]. Que chaque Indien, juristes, médecins et riches les premiers, se conforme à l'idéal moral, comprenne la vraie signification de la vie, revienne à l'*ancienne civilisation indienne* à laquelle *tout amant de l'Inde doit s'attacher comme l'enfant au sein de sa mère*[127], que fidèle à sa langue maternelle, à sa religion, aux coutumes ancestrales – et les amendant chaque fois qu'elles sont corrompues –, il retourne à la vie simple des villages, qu'il s'adonne au filage et au tissage artisanal, n'utilise que les produits *swadeshi* (indigènes), rompe avec les institutions et la législation anglaises, bref avec tout ce qui l'asservit, et il sera libre, libre personnellement, en son for intérieur, et libre de la tyrannie de toutes les lois, libre politiquement. Et l'Inde sera libre *ipso facto*. Le *swarâj*, comme l'indique l'étymologie *(râj* gouvernement, *swa* de soi-même par soi-même), n'a pas d'autre signification, pas d'autre réalité. La liberté intérieure, coextensive à la rectitude morale, *est* liberté politique. Une formule lapidaire, que toute traduction énerverait, exprime cette identité foncière de la maîtrise de soi et de l'indépendance politique. *Real Home Rule is self rule or self control*[128].

A l'appui de ses dires, Gandhi avançait des arguments subtils. Quelle autorité, expliquait-il en substance, quelle possibilité de domination reste-t-il à un gouvernement auquel les sujets retirent leur allégeance, auquel ils n'ont plus de raison de se soumettre puisque, d'une part, ils sont en tout et toujours maintenus dans le bien, donc dans la cohésion, par leur conscience, leurs vertus, et que, d'autre part, nul n'a à reconnaître des lois ou à participer à des activités qui répugnent à sa conscience ? N'est-il pas évident, par exemple, que si les avocats, les magistrats, convaincus que leur profession est *aussi dégradante que la prostitution*[129], l'abandonnent, *la loi anglaise s'écroulera en un jour*[130]*... Dès que quelqu'un comprend qu'il est contraire à sa dignité d'homme d'obéir à des lois injustes, aucune tyrannie ne peut l'asservir. C'est la clé du self rule ou Home Rule*[131]. Les Anglais pouvaient donc demeurer en Inde à condition de renoncer à leur civilisation, de vivre comme vivent les Indiens, de se faire les *serviteurs du peuple*[132]. S'ils n'y consentaient pas, *il n'y avait plus de place pour eux*[133]*... nous cessons de jouer le rôle de sujets*[134]. Les Indiens opposeraient toutefois non la violence, ce qui serait derechef s'inspirer de la civilisation occidentale – « Les Indiens sont asservis, avait dit Tolstoï dans la *Lettre à un Hindou*, parce qu'ils vivent et ont vécu par la violence et ne reconnaissent pas la loi éternelle inhérente à l'humanité » –, mais la *guerre de la résistance passive*[135]. En d'autres termes, si les Anglais refusaient de se dissocier de leur civilisation pervertie – et toute la faute en retomberait sur eux –, ils seraient rejetés avec leur civilisation, par la même force qui rejetait cette civilisation, par la force spirituelle de la maîtrise de soi et sa technique de combat. C'était la seule force nécessaire car elle était *sans égale*[136], ... *qui l'a acquise est libre comme le roi de la forêt et de son regard il foudroie l'ennemi*[137], et c'était l'expression suprême d'une conscience libre de toute haine. *Ce que nous voulons faire*, écrivait Gandhi aux dernières lignes d'*Hind Swarâj, doit être fait... non parce que nous voulons nous venger mais parce que c'est notre devoir de le faire*[138]. Mesquineries personnelles ou politiques étaient dépassées ; la lutte pour l'indépendance devenait une guerre sainte : la révolte de la conscience contre ce qui s'opposait à ses fins les plus hautes. Non sans équivoque, Gandhi affirmait : *Je n'ai aucune inimitié envers les Anglais mais j'en ai envers leur civilisation*[139].

L'étrangeté de ces propos a pu, pour un temps, voiler aux yeux des principaux intéressés l'ampleur du défi qui leur était jeté. Peut-être même, pour Gandhi – on l'a prétendu –, était-ce moins une déclaration de guerre qu'un hommage indirect aux Anglais. Nourri de leur idéal de liberté, les jugeant d'après lui, d'après l'esprit de service et de justice dont il vivait, peut-être les croyait-il capables de s'élever au rôle auquel il les conviait, à tout le moins prêts à mettre fin de leur plein gré aux injustices, à l'oppression reconnues. « Nous croyions de toute notre foi candide, écrit Tagore, que même si nous nous rebellions contre la loi étrangère, nous aurions la sympathie de l'Occident. Nous sentions que l'Angleterre serait à nos côtés, souhaitant pour nous la liberté[140]. » Peut-être aussi, en adjurant les Anglais de *s'indianiser*, Gandhi tentait-il un ultime effort pour reprendre à son compte une expérience séculaire : l'Inde avait de tous temps triomphé de ses envahisseurs en les assimilant. Hypothèses plausibles... N'empêche que le ton s'élève, menaçant. *Ce n'est pas nous qui devons faire ce que vous voulez, mais vous ce que nous voulons*[141]*... N'y aurait-il qu'un seul Indien capable de parler ainsi, il parlera et les Anglais devront l'écouter. Il ne s'agit pas de demander, il s'agit de montrer quel est notre état d'esprit*[142]. Et, ajoutait-il, *nous n'obtiendrons rien en demandant, nous devrons prendre ce que nous voulons*[143]. L'homme qui s'exprimait ainsi voulait l'indépendance et il l'obtiendrait.

Certes Gandhi s'était laissé emporter très au-delà des limites du raisonnable ; les exagérations – et c'est peu dire –, les illusions étaient criantes. *Hind Swarâj* n'était cependant pas *l'œuvre d'un fou*, comme l'avait déclaré *un ami très cher*[144], mais d'un chef sûr de lui qui voyait lucidement la situation de l'Inde. Ce n'était pas la civilisation anglaise en tant que telle qui asservissait les Indiens, c'était pure outrance de l'assimiler au *royaume de Satan*. Mais ces critiques virulentes ébranlaient le pouvoir des Anglais en son fondement. Leur autorité ne reposait ni sur le nombre (ils n'étaient qu'une poignée face aux multitudes indiennes) ni, en un sens, sur la force réelle, mais sur l'admiration qu'ils avaient inspirée aux Indiens. Cette admiration que Gandhi, on se le rappelle, avait partagée, minait la fierté nationale, éloignait les élites de leurs traditions, de leur langue, de leur culture. « Le mot de progrès aux Indes était devenu synonyme d'adaptation à l'ordre impérial et de refonte... dans le creuset britannique. Plus nous nous soumettions à l'idéal et aux fins britanniques, plus grandissait notre aptitude au *self-governement*[145]. » Gandhi débridait les plaies, indiquait les remèdes. Les rivalités des factions, l'animosité hindoue-musulmane affaiblissaient les Indiens. Qu'ils s'unissent, qu'ils n'acceptent plus la servitude, qu'ils surmontent la peur, la peur des Anglais et celle qu'ils éprouvaient les uns des autres. L'âme de l'Inde était toujours vivante, l'audace jaillirait de la fierté :

Par notre civilisation nous avons un message à délivrer au monde[146]. Il suffisait de se redresser, de cesser de craindre ; il suffisait de déployer la force de l'amour, la force de la souffrance volontaire. La désobéissance civile avait fait ses preuves, bientôt les Anglais recevraient les coups portés par les boycotts, expression de la volonté de retour à ce qui était typiquement indien. En exaltant cette civilisation millénaire, Gandhi, adaptant, prolongeant Tolstoï, prenait appui sur ce « quelque chose » indéfinissable et puissant qui, malgré les diversités internes, avait, au long des siècles et face aux invasions, permis à l'Inde de garder une façon commune de penser, de sentir, d'être, lui avait donné un visage qui n'appartenait qu'à elle et faisait d'elle pour des millions d'hommes *Bharat Mâta*, notre Mère l'Inde. Laissant monter en lui cette sève, Gandhi lui-même s'enracinera de plus en plus fortement dans le terreau indien. La résistance passive, déjà transmuée en *satyâgraha*, reliée ainsi à la grande quête upanishadique de l'Être et de la Vérité (*sat* et *satya*), déjà mise d'autre part, sous le nom de force de l'âme, en équation avec l'*Âtman*, soi individuel et Soi cosmique, va être fondue demain dans l'*ahimsâ* ou non-violence. Démarche géniale : l'*ahimsâ*, vertu des vertus, « devoir suprême » pour toute la tradition indienne, mais dont l'exercice avait été, hormis quelques exceptions, tel Ashoka, strictement confiné dans le domaine de la morale individuelle, devenait la règle, l'inspiratrice de la vie politique et sociale en toutes ses manifestations. Grâce à ce rapprochement, à cet élargissement ou, pour mieux dire, grâce à cette mutation dont Gandhi, jusqu'alors dans la dépendance de ses sources européennes, ne semble s'être pleinement avisé qu'après son retour en Inde (l'extension est pourtant suggérée dans *Hind Swarâj*[147] mais c'est seulement en 1915-1916 qu'*ahimsâ* et non-violence entreront dans le vocabulaire habituel de Gandhi), le *satyâgraha*, non-violence, éveillera en Inde de profondes résonances. Ce qu'il y avait de paradoxal dans la doctrine et l'action se projettera sur un horizon connu, parlera le langage de toujours. Gandhi pourra dire qu'il a *donné* à l'Inde *une arme nouvelle et sans égale ou plutôt l'application généralisée d'une arme ancienne et éprouvée*[148]. Cependant lorsque, ayant repris contact avec les masses indiennes, il constatera que ses rêves de *Purna Swarâj*, indépendance plénière, indépendance éthico-politique, planent au-dessus des possibilités réelles, que *l'Inde n'est pas mûre* pour le *Swarâj* qu'il avait décrit[149], la même sensibilité à ce que l'on attend de lui l'amènera à restreindre ses ambitions. Il ne poursuivra plus, dans l'immédiat, que le *swarâj parlementaire, en accord avec les désirs du peuple de l'Inde*[150], mais en ne cessant de vivifier, de spiritualiser la lutte par l'idéal total de non-violence, *travaillant personnellement pour le gouvernement de soi décrit dans* Hind Swarâj[151].

Car, si exaltant qu'il fût de dire et de s'entendre dire que *la condition de l'Inde était unique, sa force incommensurable*[152], l'autonomie pour demain si on le voulait, il y avait loin, très loin, de la coupe aux lèvres. Dans l'épaisseur de la réalité les problèmes se dressaient, analogues parfois à ceux de l'Afrique du Sud, mais jamais à la même échelle. *Nos difficultés sont de la taille des Himâlaya*[153]. Qui ouvrait les yeux voyait d'abord les faiblesses de cet immense pays.

Territoire aussi étendu que l'Europe sans la Russie (3 800 000 km^2) ; mosaïque de races et d'ethnies disparates aux langues foisonnantes (225 environ) et inintelligibles d'un groupe à l'autre ; subcontinent peuplé de centaines de millions d'hommes façonnés, qui par l'âpre climat des chaînes himalayennes, qui par l'humidité énervante des tropiques ; société divisée par ses cultes séparés et parfois violemment hostiles, compartimentée en quatre classes et quelque trois mille castes et sous-castes avec, en marge, l'énorme masse des parias, l'Inde était un nom, une entité géographique, un immense réservoir de forces et de ressources matérielles, tout sauf une nation. Le régime colonial avait, il est vrai, quelque peu modifié ces conditions. Dotant le pays d'un réseau de communications, routes, chemins de fer, téléphone et télégraphe, il avait, en réduisant les distances, multiplié les contacts, brassé les hommes. L'anglais était devenu, au moins pour les classes instruites, une langue d'échange. L'appareil administratif imposé amorçait une unité économique et politique. Mais la présence des maîtres attisait l'antagonisme entre hindous et musulmans, tandis que la division du pays en provinces directement sous contrôle britannique et en principautés (2/5 du pays) semi-indépendantes remises aux râja, cassait l'Inde d'une nouvelle manière, aiguisait les rivalités dans l'opposition constante des intérêts immédiats.

Politiquement, enfin, des obstacles massifs. Non seulement les Anglais étaient constitués en un monde clos, résolument imperméables à toute assimilation, mais, depuis l'annexion à la couronne d'Angleterre (1858), ils tenaient fermement les postes de commande, le vice-roi imposant à tous les échelons les décisions prises à Londres. A la différence de l'Afrique du Sud, la partie ne pourrait donc se jouer qu'à deux : toute-puissance de l'Angleterre, aspirations nationalistes. Celles-ci avaient pour organe officiel le Congrès national indien qui deviendra l'instrument des volontés de Gandhi mais que ni son origine ni son évolution ne préparaient à ce rôle. Il avait été fondé en 1885 par un Écossais, Hume, avec la bénédiction du vice-roi, paradoxe qui recouvrait une habileté diplomatique. Aux prises avec un nationalisme resté assez vivace pour obtenir en quelques années la liberté de la presse et des réformes sociales, provoquer en 1883 la réunion d'une Conférence panindienne, entretenir un malaise qui, selon les rapports de police, pouvait amener des explosions de colère plus graves encore que la Mutinerie de 1857, le vice-roi avait cru que le Congrès assurerait une « soupape de sûreté aux grandes forces montantes du pays ». Au début l'Assemblée n'avait groupé que des représentants très anglicisés de la grande bourgeoisie, riches propriétaires terriens, avocats ou professeurs en renom, lesquels, persuadés que le loyalisme était la voie la plus sûre pour parvenir au statut de dominion, rêve lointain, se bornaient à formuler, à l'unique séance annuelle, des motions aussi polies qu'inefficaces. Cependant, avec la montée d'une classe moyenne instruite par les Anglais et enrichie par les débuts de l'industrialisation, un esprit d'opposition s'était dégagé. En face des grands chefs modérés, Dadabhai Naoroji, Surendranath Banerjee, Lajpat Rai, Pherozesha Mehta (le lion de Bombay), Gopal Krishna Gokhale (fondateur de la Société des Serviteurs de l'Inde), l'avocat musulman Tyabji, s'étaient dressés les chefs extrémistes, Aurobindo Ghose, Bal Gangdhar Tilak. Ce dernier, homme résolu, ardent, d'une intelligence hors pair et qui devait devenir l'idole de l'Inde, avait appelé à la révolte ouverte la jeunesse étudiante exaspérée de son inactivité forcée et exaltée par les chants patriotiques d'Iqbal, de Rabindranath Tagore, par la lecture fervente des vies de Garibaldi ou de Mazzini répandues en langues indiennes à des milliers d'exemplaires. Après la défaite des Russes par les Japonais à Port-Arthur (1904), « tournant de l'histoire mondiale », s'ouvrit une ère nouvelle : l'Inde, comme toute l'Asie, comprit que l'on pouvait vaincre les Blancs avec leurs propres armes et les esprits s'enhardirent. Lorsque Lord Curzon, croyant raffermir le pouvoir, procéda à une division administrative du Bengale, mesure qui fut extrêmement impopulaire, une vague de terrorisme déferla. Sabotages, attentats, bombes sur le train du vice-roi, rien ne manqua. On conspira même à Londres. A la session de Calcutta (1906) le Congrès, après avoir chanté le nouvel hymne national : *Bande Mâtaram* (Je salue la Mère), présenta des motions sur le *swadeshi*, sur le boycott des marchandises, de l'éducation anglaises. Il réclama le *swarâj* : « C'est mon droit de naissance et je l'obtiendrai », s'écria Tilak. Puis les dissensions internes, non moins que la répression, les emprisonnements ou la déportation des chefs, avaient semé le découragement. La lassitude était venue. En 1914 le nationalisme n'était guère que la lave d'un volcan assoupi dont les manifestations extérieures, pétitionnisme velléitaire et terrorisme sporadique, étaient aux antipodes de l'esprit du *satyâgraha*.

Malgré sa longue absence, Gandhi était très averti de la situation indienne et lorsqu'il débarqua à Bombay fin 1914 (la déclaration de guerre, une pleurésie l'avaient retenu plusieurs mois en Angleterre), ses plans étaient établis. Il garderait toute son indépendance d'action, il ne s'inféoderait à aucun des courants politiques : *Comment ceux qui ne veulent que servir*, avait-il écrit dans *Hind Swarâj, peuvent-ils appartenir à un parti ? Je veux servir à la fois les modérés et les extrémistes. Quand je ne serai pas d'accord avec eux, j'établirai respectueusement mes positions devant eux et je continuerai de servir*[154]. Retenons cette déclaration : elle est la clé des années à venir. Par cette tactique de *splendide isolement*[155], Gandhi s'imposera à tous *respectueusement*. Pour le moment il était d'ailleurs décidé à se tenir à l'écart de la politique. La Première Guerre mondiale faisait rage. *La dignité et la clairvoyance voulaient que nous ne missions pas l'accent sur nos revendications tant que durerait le conflit*[156]. Il savait au reste que l'outrance de ses idées effrayait même ses admirateurs, Gokhale le tout premier qui lui avait fait promettre de se taire pendant une année entière. Dans l'immédiat deux tâches requéraient toute son énergie : familiariser l'Inde avec les méthodes éprouvées en Afrique du Sud, *déterminer empiriquement les limites dans lesquelles on pouvait les appliquer*. Il fallait construire l'unité nationale, faire sentir à tous qu'ils portaient la marque propre de l'Inde et que cette marque propre, cet ensemble de qualités morales qui les distinguaient du reste du monde et étaient leur gloire, le *satyâgraha* en était la quintessence et l'expression.

Aussitôt arrivé, il installa à Kochrab puis à Sabarmati aux portes d'Ahmedabad, sa famille et le groupe de fidèles ramenés d'Afrique du Sud, leur imposant dans cet *âshram*, pépinière de *satyâgrahi*, une charte monastique. Tout était prévu : travaux manuels, prières communes distribués heure par heure, fondation d'une école-noviciat, direction spirituelle, hiérarchie, vœux de vérité, non-violence, chasteté, pauvreté, absence de peur, anti-intouchabilité. Puis il se mit à sillonner l'Inde, vêtu comme un paysan d'un simple *dhoti* (à sa libération en décembre 1913 il avait déjà pris le costume des travailleurs sous contrat), pauvre parmi les pauvres, mais bientôt auréolé du titre de Mahâtma (Grande Ame). On le vit partout, de l'Himalaya au cap Comorin, à Bénarès, Rishikesh, Rangoon, Madras, prêchant le renouveau des vertus morales, exaltant le courage, la fierté, l'abnégation, l'esprit de service, appelant à l'endurance, répétant que la liberté n'est jamais un don mais une conquête. Dosant les encouragements et les mises en garde sévères, il s'adapte à chacun de ses auditoires, persuasif, humble, autoritaire ; il étonne les uns, heurte les autres, enflamme l'orgueil national : tant de ferveur émane de lui. Comme en Afrique du Sud il s'impose, plus grand déjà que les autres chefs.

Premières escarmouches

En 1917 des conflits sociaux lui ouvrent la voie des premières expériences concrètes avec les masses, d'abord parmi les paysans du Champaran (Bihar), victimes depuis un siècle des exactions des planteurs d'indigo, ensuite à l'occasion d'une grève dans les filatures d'Ahmedabad. Il enquête, expose les faits et, jouant tour à tour le rôle de chef ou d'arbitre, il finit par obtenir gain de cause. Un pas de plus est fait avec les paysans du Khera (à proximité d'Ahmedabad) auxquels, en une année de famine, on refusait la remise des impôts. La lutte, cette fois, changeait d'aspect ; le *satyâgraha* n'était plus dirigé contre de simples particuliers, mais contre l'administration anglaise et ses puissants moyens de rétorsion. Le combat se solda par un demi-échec que Gandhi ressentit profondément : rares furent ceux qui obtinrent plus que des délais de paiement. Mais le *satyâgraha* avait été mis à l'épreuve en Inde ; paysans et ouvriers avaient compris la tactique, manifesté les qualités nécessaires. Déjà apparaissaient les premiers symptômes d'un état d'esprit plus agressif : *Une population qui maudissait le gouvernement sent désormais que c'est elle et non le gouvernement qui détient la puissance, dès l'instant qu'elle est prête à souffrir pour la vérité qu'elle incarne*[157]. Des volontaires étaient venus de la bourgeoisie. Ils avaient vu « se lever une image nouvelle de l'Inde, une terre de nudité, d'oppression, d'inexprimable misère[158] ». Ils avaient appris à parler aux paysans, à les servir et, dans le coude à coude, avaient découvert et leur force et leurs responsabilités. Tous avaient été fascinés par Gandhi. Au premier rang se trouvaient Mahadev Desai qui sera quarante ans durant son collaborateur direct, Rajendra Prasad, futur président de l'Inde, la poétesse Sarojini Naidu à la parole de feu, Anasuyabehn, sœur d'un des plus importants filateurs d'Ahmedabad, l'Anglais Horniman, directeur du *New Chronicle* de Bombay et, les dépassant tous, l'avocat Vallabhai Patel qui, abandonnant le barreau, unit dès lors sa destinée à celle de Gandhi. Ce sera avec ces hommes nés du *satyâgraha* qu'il entreprendra, en 1919, la lutte pour l'indépendance de l'Inde.

Jusque-là, hormis quelques éclats, tel le fameux discours à la pose de la première pierre de la Hindu Bénarès University où, en présence du vice-roi, il avait affirmé la volonté d'indépendance complète de l'Inde et n'avait pas craint d'évoquer l'exemple de la guerre des Boers, il n'était sorti de sa réserve en matière politique que pour recruter, fin 1917, des soldats indiens pour les armées anglaises, cela sur la demande du vice-roi, malgré l'opposition déclarée des chefs nationalistes et avec tant d'ardeur qu'il en tomba malade. Action paradoxale s'il en fut, qu'il justifia par la suite de son mieux. En fait, la correspondance avec Andrews constitue un témoignage formel, le doute avait envahi Gandhi : l'Inde n'était pas la terre de l'*ahimsâ*. Le *satyâgraha*, les vertus qu'il exigeait, excédaient les possibilités des masses. La résistance passive mal comprise n'était pour elles que le masque de la lâcheté. Alors il préférait la formation militaire que recevraient les recrues, le maniement des armes, les risques et le courage des champs de bataille. Ne s'en étonnera que qui confond non-violence et pacifisme.

Mais en 1919, la guerre finie, il disposait, à la conquête du *swarâj*, d'éléments positifs. L'unité était resserrée, les extrémistes ayant depuis deux ans réintégré le Congrès dont ils s'étaient séparés en 1907. Un concordat hindou-musulman, récemment conclu, mettait provisoirement une sourdine aux dissensions religieuses. Le nationalisme était en pleine effervescence, car non seulement il s'était nourri de tout ce qui avait rongé le prestige britannique : révolte de l'Irlande, de l'Égypte, déclaration de guerre à la Turquie, révolution russe, mais il avait aussi, pour la première fois, gagné les masses grâce aux deux ligues de *swarâj* fondées l'une, Home Rule League, par Tilak, l'autre, All India Home Rule, par Annie Besant qui, devenue l'un des chefs de l'opposition indienne, avait apporté son appui personnel et celui de toutes les sociétés de théosophie. De surcroît un mécontentement général : le peuple était aigri par les méthodes coercitives du recrutement militaire, par l'augmentation du coût de la vie, conséquence de la dévaluation de la roupie alignée sur la livre sterling. Au congrès de Delhi (1918), les délégués des classes moyennes et quelques industriels enrichis par la guerre avaient réclamé l'instauration immédiate du régime parlementaire. D'ailleurs n'avait-on pas dit dans toute l'Inde que si un million de ses fils se battaient au Moyen-Orient et dans les Flandres, c'était pour sauver le monde et défendre le droit des peuples à disposer d'eux-mêmes ? Au nom des principes du *satyâgraha* Gandhi avait condamné l'agitation fomentée par les deux ligues de *swarâj*, refusé d'assister à la session de Delhi, désavoué l'attitude des chefs nationalistes qu'il entendait convertir à ses vues. Il n'en attendait pas moins, comme tout le pays, la réalisation des promesses libérales prodiguées durant la guerre.

Loi Rowlatt et désobéissance civile

Or la politique anglaise s'orienta dans deux directions opposées, peut-être complémentaires, qui déçurent les Indiens. D'une part furent annoncées des réformes (Charte Montagu-Chelmsford) concédant, par l'organisation d'une dyarchie, une participation limitée, quoique très réelle, à la conduite des affaires. D'autre part la commission Rowlatt, chargée d'enquêter sur l'agitation en Inde, publia un rapport qui, après avoir constaté l'indéniable recrudescence des activités terroristes, préconisait des mesures de répression et de police pour le moins inopportunes puisque, en dépit de toutes les promesses, elles maintenaient, ou semblaient maintenir, après la fin des hostilités, l'état d'exception du temps de guerre. Peut-être ces lois n'étaient-elles dans l'esprit des Anglais que de banales dispositions de police sans portée immédiate, mais pour Gandhi elles furent *le premier choc*[159]. *Aucun peuple qui se respectait ne pouvait s'y soumettre*[160]. Ce qui subsistait en lui de confiance admirative envers les Anglais, de loyalisme sincère, s'effondrait. Il devenait un *rebelle*. Laissant modérés et extrémistes à leurs divisions, les premiers préconisant l'adoption de la dyarchie, les seconds réclamant le statut de dominion, il réunit le 28 février à l'*âshram* de Sabarmati ceux dont la fidélité, le courage avaient été éprouvés dans le Khera et décida avec eux de recourir au *satyâgraha*. Ils n'étaient qu'une cinquantaine mais, formant la *Satyâgraha Sabhâ*, ils s'engagèrent solennellement, en s'abstenant de violence, à ne pas obéir à ces lois qui *portaient atteinte aux principes de liberté et de justice, détruisaient les droits élémentaires des individus*[161], bloquaient la route au progrès et donc à la réalisation de réformes substantielles. Ce serment fut aussitôt diffusé dans la presse, les volontaires appelés à rejoindre la *Satyâgraha Sabhâ*. Encore épuisé par ses efforts de recrutement pour l'armée anglaise, incapable de prononcer ses discours et même de se tenir debout, Gandhi suscita des meetings monstres. C'était une campagne sans précédent pour s'assurer l'appui des masses par-delà les cercles restreints du Congrès. Gandhi pensa-t-il que ces manifestations suffiraient à intimider les Anglais ? En tout cas, la promulgation de la loi Rowlatt semble l'avoir pris de court. Et c'est dans la demi-brume du réveil, *en songe* [162], qu'il décida d'ouvrir le *satyâgraha* par un *hartal*, c'est-à-dire par une grève générale définie comme *une journée nationale d'humiliation et de prière* [163]. *Que le peuple entier de l'Inde suspende toute activité... et jeûne et prie durant vingt-quatre heures* [164]. Meetings et défilés – tous les villages y participeraient – devaient être menés dans un état d'esprit religieux. Les leaders éprouvés, Dinsha Vaccha, Surendranath Banerji, Shastri, tentèrent de dissuader Gandhi. Mais que pouvaient-ils contre la fièvre prophétique qui le brûlait ? *Il est un temps où l'on doit obéir à l'appel le plus haut, la voix de la conscience* [165]. Ses directives lui paraissaient sûres ; il comptait sur le *hartal* pour *frapper l'imagination du peuple et le gouvernement* [166]. Pour lui ce serait une pierre de touche : il saurait jusqu'où il pouvait mener la désobéissance civile.

Le *hartal*, observé en raison de contrordres, ici le 30 mars, là le 6 avril, obtint un immense succès. La tactique était simple, à la portée de tous, et les jeunes intellectuels indiens l'accueillirent avec enthousiasme. « Enfin un moyen de sortir de l'impasse, une méthode d'action... franche... peut-être efficace [167]. » Des volontaires distribuaient sur la voie publique des ouvrages interdits de Gandhi : *Hind Swarâj, Sarvodaya* (adaptation d'*Unto this Last*), *l'Histoire d'un satyâgrahi* (sorte de récit de la vie et de la mort de Socrate), avec l'intention hautement proclamée d'obtenir confiscations et emprisonnements. Malgré les consignes de calme, des violences éclatèrent, notamment à Delhi, Amritsar, Lahore où le sang coula. Gandhi, qui avait lui-même conduit les opérations à Bombay le 6 avril, se dirigea le surlendemain vers la capitale pour calmer les esprits. Il fut arrêté puis relâché deux jours après. Mais le mal était fait, les foules surexcitées, incontrôlables. Tant du côté des Indiens que des Anglais, les actes de violence se multiplièrent : brutalités de la police, incendies de bâtiments officiels, pillages. Il y eut des morts de part et d'autre, des blessés nombreux. Gandhi, consterné, entreprit des jeûnes d'expiation auxquels il invita les *satyâgrahi* à participer. Peine perdue : ni les exhortations ni les explications sur la vraie nature du *satyâgraha* n'arrêtaient les bagarres sanglantes : *C'était de l'anarchie pure frisant le bolchevisme*[168]. Les Anglais furent pris de panique. Le 13 avril, à Amritsar, la ville sainte des Sikhs où, après l'incendie de l'hôtel de ville, de la gare, de banques et la destruction de la voie ferrée, l'état de siège avait été proclamé, le général Dyer, commandant de la place, fit sauvagement tirer sur un rassemblement d'Indiens, hommes, femmes et enfants, qui se tenait à Jaliyanvala Bagh, foirail en contrebas dépourvu d'issues. La fusillade fit quatre cents morts, plus d'un millier de blessés. Dyer avait commis une faute irréparable. De son côté Gandhi, s'accusant le 18 avril dans *Young India* d'une *erreur de calcul grosse comme l'Himâlaya*[169], annonça la suspension temporaire de la désobéissance civile.

Quelle était donc cette erreur ? Il avait prévu les violences du pouvoir, elles étaient fatales, indispensables même dans son plan : la non-violence se nourrit de la souffrance qu'inflige l'adversaire. Sa foi en l'*ahimsâ* était intacte, *plus grande que jamais*[170]. Il rejetait délibérément sur le gouvernement la responsabilité des excès populaires. *Le satyâgraha n'a jamais été ni la cause ni l'occasion du soulèvement*[171], affirmait-il tranquillement, *mais je serais infidèle au satyâgraha en permettant qu'une de mes actions puisse servir à nourrir la violence, à envenimer les relations entre Anglais et Indiens*[172]. Si, volte-face complète, il décidait : *Notre satyâgraha doit maintenant consister en une aide incessante aux autorités, par tous les moyens permis à un satyâgrahi, pour restaurer l'ordre et réprimer l'anarchie*[173], c'était parce qu'il avait *sous-estimé les forces du mal*[174], mais aussi surestimé ses capacités à dominer les multitudes indiennes, beaucoup moins maniables décidément que la petite minorité d'Afrique du Sud. Par leur initiative, le *hartal* et la désobéissance civile avaient dégénéré en un mouvement séditieux. *La fureur de la populace était un signe de folie nationale*[175]. S'il ne voulait pas que la direction des événements lui échappât, il fallait absolument *marquer un temps d'arrêt et considérer comment faire face à la situation*[176].

Elle n'était pas facile. Au Panjab, soumis pendant des mois à la loi martiale et coupé du reste du pays, la répression répondait avec une extrême rigueur aux derniers soubresauts de la révolte. Emprisonnements, condamnations à mort, érection de tribunes où les Indiens étaient fouettés publiquement, brimades honteuses tel le fameux « ordre de ramper » intimé à quiconque passait dans la rue où une Anglaise avait été molestée, tous les moyens étaient bons pour remettre l'Inde au pas. Jaliyanvala Bagh devint le symbole de l'oppression. Par ailleurs la misère engendrait, parmi les paysans, des soulèvements sanglants quoique sans signification politique et, parmi les ouvriers, une vague montante de grèves – on en comptera en 1919-1920 plus de 200 –, englobant un million et demi de travailleurs.

C'est dans cette atmosphère tendue que le vice-roi proclama, le 23 décembre, les réformes Montagu-Chelmsford. La nouvelle fut mal accueillie au Congrès réuni à Amritsar. La rancœur s'exhalait des lieux mêmes. Jaliyanvala Bagh était devenu un haut lieu, sa poussière une cendre sacrée que les congressistes répandaient sur leur front. La vitalité croissante du nationalisme attestée par la présence de 30 000 participants, dont pour la première fois 1 500 paysans, ne portait pas au compromis. Des leaders amnistiés arrivaient directement de prison avec, disaient-ils, un « billet d'aller et retour ». L'absence des modérés, qui avaient fait scission, privait les débats de contrepoids. Aussi les extrémistes, menés par Tilak et C. R. Das, voulaient-ils rejeter les réformes. Mais Gandhi n'était pas disposé, ou pas prêt, à rompre avec le gouvernement. Il arracha, de tout le poids de sa personnalité, un vote de blâme contre les excès de la populace qui lui avaient *soulevé le cœur* et fit accepter le principe de la coopération aux réformes. *Insuffisantes, incomplètes*, concédait-il, *mais elles nous permettront de nous développer*[177]. Créer un corps électoral puissant, élire des hommes capables et désintéressés, tirer le maximum d'avantages des institutions projetées en y ajoutant les *condiments nécessaires*, bref *travailler tranquillement à leur succès*, c'était là *simple loyauté*[178], la seule attitude digne de la civilisation indienne. *Nous ne pouvons pas nous tromper en agissant ainsi. La confiance est une vertu*[179].

Le Califat et la non-coopération

Conseils sans lendemain ! Non seulement Gandhi affirmait en même temps que ces réformes *ne signifiaient pas grand-chose*[180] (il n'a jamais cru, et cela le distingue fondamentalement des modérés, qu'aucune réforme politique pût amener le *swarâj*), mais, depuis quelques mois déjà, il avait trouvé un tremplin plus solide, plus conforme à ses conceptions. De tout temps, l'unité hindoue-musulmane l'avait préoccupé : il savait que, sans elle, il n'y aurait pas de mouvement nationaliste fort ; il savait aussi, par expérience, que les musulmans ne se rallieraient au *satyâgraha* que s'ils y trouvaient leur intérêt. Or, fin 1919, la question du Califat offrait *une occasion unique* de rapprochement ; *on n'en retrouverait pas de pareille avant un siècle*[181]. De quoi s'agissait-il ? Du point de vue tactique, « d'une trouvaille géniale de Gandhi permettant d'affirmer la solidarité entre hindouistes et musulmans dans une lutte commune pour une cause musulmane[182] ». Dans les faits, d'une histoire déjà ancienne et passablement confuse dont la diplomatie anglaise ne sut pas prévoir les retentissements et que les dirigeants musulmans exploitèrent. Depuis l'intervention de la Turquie aux côtés des forces de l'Europe centrale (1915), les musulmans indiens, comme tous ceux de leurs coreligionnaires qui se trouvaient sous mandat anglais, étaient dans une situation en porte à faux, étant entraînés malgré eux dans la lutte contre le sultan, par son titre de calife chef spirituel de tous les croyants. Bon nombre d'entre eux avaient dû combattre aux côtés des Anglais en Mésopotamie et certains de leurs chefs qui, tels les frères Ali, avaient pris parti pour la Turquie, avaient été incarcérés. Le gouvernement anglais avait prodigué les promesses lénifiantes, assurant qu'au jour de la victoire toutes les susceptibilités religieuses seraient respectées. Or le traité de Sèvres remettait tout en question en envisageant le démembrement de l'Empire ottoman et l'abrogation des prérogatives de la Sublime Porte. Prérogatives bien moribondes puisqu'en définitive sultanat et califat furent supprimés en 1922 et 1924 par Mustapha Kemal sans déclencher d'agitation panislamique. Mais que les Alliés osassent y toucher souleva l'indignation de l'islam, du Maroc à la Malaisie. Quoique Gandhi lui-même jugeât la question *épineuse* (il faut lire à ce sujet la correspondance avec Andrews [183]), il s'en empara : *Je sentais que pour devenir vraiment l'ami des musulmans, je devais contribuer de toutes mes forces... à un règlement équitable de la question du Califat. Il ne m'appartenait pas de me mêler des mérites absolus de la question du moment que les revendications musulmanes n'avaient rien de contraire à l'éthique* [184]. Sa conscience ainsi affermie, il se jeta *à corps perdu* [185] dans la lutte. La défense de l'honneur musulman était devenue une tâche aussi sacrée pour les hindous que pour les disciples du Prophète, *le traité de paix... une abomination, un péché contre Dieu et l'humanité* parce que dicté par la force physique [186]. La Journée nationale du Califat (17 octobre 1919) fut l'occasion d'une première manifestation de solidarité hindoue-musulmane. Un mois plus tard Gandhi fut invité à présider la Conférence panindienne pour le Califat.

Les chefs musulmans voulaient recourir au boycott des marchandises anglaises. Gandhi estimait le procédé mesquin pour une si grande cause et entaché de malveillance. Mais que proposer ? Quand vint son tour de parler, il eut une *illumination* : le boycott total, un boycott politique. *La seule résistance au gouverne-*

ment était de cesser de coopérer avec lui[187]. Ce que serait concrètement cette non-coopération (le terme fut forgé ce jour-là), ce boycott total, il n'en savait encore rien ; mais l'idée une fois lancée, il ne la lâcha plus et elle se révéla riche de possibilités. Le plus urgent, le plus difficile, était de rallier les musulmans au principe du *satyâgraha.* Gandhi prit le chemin le plus court. Il n'essaya pas, la cause était perdue d'avance, de les détourner de la violence pour des raisons morales ; il fit appel à leur pragmatisme, il les convainquit de l'excellence de sa tactique, tout en déclarant fermement que la non-violence devrait être maintenue. Si un meurtre était commis, les hindous se retireraient du mouvement. D'ailleurs, en cas d'échec, les musulmans auraient toujours la possibilité de recourir à la violence.

Un programme de non-coopération fut élaboré et soumis fin février à la deuxième Conférence du Califat. Les journées de protestation se multipliaient au fur et à mesure que diminuait l'espoir d'un règlement favorable. Le Califat devenait la *question des questions*[188]. Les conditions définitives de paix avec la Turquie ayant été connues le 14 mai, le Comité du Califat se réunit le 28 mai. Les dirigeants hésitaient encore : l'appel à une invasion afghane ou l'immigration en masse *(Hijrat)* conformément aux prescriptions coraniques leur paraissaient des moyens plus sûrs. Et Gandhi parla, « humble mais net et dur comme le diamant, le charme et la douceur mêmes, mais inflexible et terriblement grave. Son regard disait la réflexion et la modération, mais il s'en dégageait une flamme d'énergie farouche et de résolution... La lutte serait longue et impitoyable ; si l'on voulait engager le combat, il fallait être prêt à tout perdre et se soumettre à toutes les rigueurs de la non-violence et de la discipline... Du moment que l'on choisissait de le prendre pour chef, on devait en passer par ses conditions, accepter la dictature et la discipline de la loi martiale... Ces images militaires », poursuit Nehru, « donnèrent la chair de poule à la plupart des auditeurs. Mais Shaukat Ali était là pour maintenir dans le rang les hésitants... Une énorme majorité se prononça en faveur de la proposition (c'est-à-dire pour la guerre !) sans enthousiasme, il est vrai, et tant soit peu piteusement[189] ».

Du côté des hindous, que cette affaire du Califat aurait laissés très froids si Gandhi ne s'en était mêlé, l'enthousiasme était moindre encore. Il fallut, pour faire pencher la balance, la publication du rapport Hunter sur les événements du Panjab. Le gouvernement exprimait ses regrets, blâmait les excès de la répression, il avait mis à pied les responsables, amnistié les meneurs, indemnisé les victimes. Dyer avait été invité à prendre sa retraite. Néanmoins le rapport, tout en lui reprochant son manque de jugement, admettait qu'il avait agi « avec loyauté », et la communauté européenne, qui le considérait comme son « sauveur », avait jugé bon de lui offrir 20 000 livres sterling et une épée d'honneur. Les Indiens furent ulcérés. Une condamnation explicite aurait été nécessaire pour apaiser les esprits. Cette manifestation de *franc-maçonnerie politique* fut pour Gandhi une raison de plus pour entreprendre la non-coopération. Le comité du Congrès refusa pourtant d'engager le pays dans cette direction : elle était vraiment trop contraire aux volontés exprimées en décembre précédent. Tout ce qu'il concéda fut la convocation d'une session extraordinaire pour septembre.

Gandhi n'admettait plus de délais. Les articles de *Young India* (en anglais) et de *Navajivan* (en gujrati), hebdomadaires dont il avait assumé la direction et où il ne cessait, mettant à profit son expérience, d'approfondir face à l'Inde l'idéal, les vertus et les méthodes du *satyâgraha*, avaient suffisamment éduqué les masses ; l'union hindoue-musulmane, l'esprit de la non-coopération non violente, le *swadeshi*, la force de la souffrance, la nécessité d'une discipline stricte devaient être maintenant des notions familières à l'Inde. Le Mahâtma sentait la force de son emprise spirituelle sur le pays ; il avait affermi sa position politique en *acceptant* la direction de la All India Home Rule dont Mrs. Besant, pour n'avoir pas condamné la fusillade de Jaliyanvala Bagh, avait dû se retirer. La *tranquille petite voix* de sa conscience, *arbitre suprême des conflits de devoirs*[190], parlait impérativement ; la non-coopération était *logique, inoffensive*, son efficacité certaine, ses risques moindres que ceux de l'inertie qui laissait le champ libre à la violence[191]. Il voulait l'expérimenter immédiatement : *Lorsqu'on possède une foi inébranlable en une certaine action ou en une politique particulière, attendre que le Congrès se prononce serait folie. Il faut au contraire agir afin de décider la nation à l'adopter*[192]. Au reste le Congrès n'aurait-il pas ainsi le moyen de se faire une opinion motivée, tandis que le peuple *entreverrait le soleil du satyâgraha*[193] ? Sûr de lui, impérieux, Gandhi décréta : *Le plan d'action ne peut être modifié par aucune décision contraire..., à moins qu'il ne soit démontré que ce serait une faute*[194].

Ce plan avait été exposé dans *Young India* : abandon de tous les titres et postes honorifiques, boycott des élections aux conseils législatifs institués par la réforme Montagu-Chelmsford, boycott des écoles du gouvernement auxquelles seraient substituées dans chaque province des écoles nationales, boycott des tribunaux : avocats et magistrats cessaient d'exercer leurs fonctions et les litiges seraient réglés à l'amiable ou par arbitrage privé, boycott des boissons alcoolisées dont le gouvernement tirait des revenus substantiels, boycott des tissus anglais remplacés par le *khâdi*, étoffe filée et tissée à la main : le rouet procurerait ainsi du travail à ceux que la non-coopération réduirait au chômage. C'était une première étape. Pour les étapes suivantes étaient prévus, à une date ultérieure et non fixée, le refus des impôts, la désertion des soldats et des policiers.

Pour Gandhi, c'était le *satyâgraha* dans toute sa pureté : *Musulmans et hindous... sont guidés par la religion et l'honneur*[195]. Aux yeux du vice-roi, Lord Chelmsford, c'était un plan stupide, inapplicable, chimérique, « le plus fou des programmes[196] » qui devait inévitablement conduire à des désordres sanglants. Le 1er août Gandhi inaugura la campagne en renvoyant à Lord Chelmsford les décorations reçues pour ses services militaires en Afrique du Sud.

La nuit précédente, Tilak était mort. Cette grande voix éteinte, Gandhi devenait le chef national. Il apparaissait dorénavant, le gouvernement ne s'y trompa pas, comme « le roc du salut », ses « ordres étaient quasi des commandements de Dieu[197] ».

On le vit bien en septembre à la session extraordinaire tenue à Calcutta, puis en fin d'année au Congrès de Nagpur. Durant les mois précédents, particulièrement au cours de leur enquête commune au Panjab, Gandhi avait gagné l'admiration d'un des chefs nationalistes les plus éminents, Motilal Nehru. Il avait su lui faire accepter le principe de la non-coopération et sur le plan juridique et dans les conséquences personnelles ruineuses qui en découleraient pour ce riche avocat. Mais à l'immense majorité du Congrès, que ce fussent les extrémistes ou la vieille garde modérée, Lajpat Rai, le président Vijayaraghavachari, C. R. Das, Khaparde, Jinnah ou les disciples de Tilak, « cette histoire de non-coopération ne disait rien qui vaille[198] ». Son négativisme leur déplaisait. Elle pouvait « développer une capacité d'endurance, elle ne pouvait pas faire croître l'énergie, l'imagination, la sagesse politique nécessaires ». Bref, « elle gaspillait les forces dans des réformes morales et faisait perdre de vue l'aspect politique des problèmes, elle était absolument dépourvue d'éléments constructifs[199] ». De surcroît Gandhi effrayait. Qui était-il ? Un visionnaire ? Un toqué ? Malgré ses protestations de déférence, d'humilité, ne se dresserait-il pas en dictateur ?

Les éléments nouveaux, issus des classes moyennes que Gandhi fascinait, étaient en nombre à Nagpur. Coopérateurs et non-coopérateurs s'affrontèrent, en vinrent aux mains puis, subjugués par Gandhi, décidèrent la non-coopération, une non-coopération non violente *en pensée et en actes*. Par-delà les revendications concernant le Panjab, par-delà la question du Califat, l'obtention du *swarâj*, « par tous les moyens pacifiques et légitimes », devenait l'objectif n° 1 du Congrès. De cette légitimité qu'incarneraient la non-coopération et la désobéissance civile, Gandhi et *la petite voix intérieure* étaient les seuls juges. Impossible de s'y tromper. L'Inde brisait ouvertement ses liens avec l'Angleterre et s'engageait dans la voie révolutionnaire : *Notre salut repose dans nos mains... Oui, nous partons dans le désert car la route qui mène vers la terre ruisselante de lait et de miel, la terre de Chanaan loin du sol de l'esclavage, passe par le désert. Et nous nous en remettons à la conduite d'un Moïse ou d'un Aaron pour nous mener du mensonge à la Vérité, des ténèbres à la Lumière, de la mort à l'Immortalité*[200]. L'homme politique annonçait plus simplement que *le peuple avait pris les rênes en main*[201]. Le peuple, c'est-à-dire Gandhi lui-même qui, porté par l'idolâtrie des masses, allait exercer sa dictature politico-spirituelle sur le Congrès.

Celui-ci était solidement réorganisé, par ses soins, en un mouvement de structure moderne. Outre le Comité de toute l'Inde, « Parlement » qui compterait désormais 350 membres, il était pourvu d'un Comité exécutif permanent de 15 membres (Working Committee), sorte de cabinet investi de l'autorité du Congrès et chargé de veiller à l'exécution des décisions prises à la session annuelle. Des comités et sous-comités étaient fondés dans chaque province et grande ville et jusque dans les moindres villages, puissant moyen d'emprise sur les masses. Ainsi remanié, le Congrès devenait un État dans l'État. Le style des réunions était également transformé. Le hindi – et, à l'échelon provincial, les langues locales – remplaçait l'anglais. Plus de jaquettes ni de pantalons frais repassés, mais le *dhoti* et le *Gandhi-topi* (bonnet de police des partisans de Gandhi) ; bientôt le *khâdi* sera de rigueur.

L'Inde entrait dans une ère politique nouvelle au cri : « Le *swarâj* dans un an ! » Car Gandhi avait promis le *swarâj* dans un an *si* on respectait toutes ses consignes : unité hindoue-musulmane, discipline, non-violence.

Pour la jeunesse, 1921 fut « une année d'ivresse... L'optimisme, la passion, l'enthousiasme fermentaient en nous... Nous ne nous embarrassions ni de doutes ni d'hésitations... et nous allions de l'avant, stimulés par le zèle des uns, stimulant celui des autres... Surtout nous étions possédés de liberté et de l'orgueil d'être libres. La vieille sensation d'oppression avait complètement disparu. Finies les parlottes à voix basse... on disait ce que l'on pensait, on le criait sur les toits. On se moquait des conséquences. La prison ? Nous l'attendions impatiemment ! La cause y gagnerait !... Nous étions fiers de notre chef et de la tactique géniale qu'il avait inventée[202] ». Pour les hommes en place, c'était une autre affaire. La tactique géniale était terriblement onéreuse. Le boycott des conseils, relativement facile, eut un plein succès : seuls se présentèrent les modérés qui faisaient décidément bande à part. Mais le boycott des collèges et plus encore celui des tribunaux restèrent limités. Quelques avocats éminents, quelques grandes familles, dont les Nehru, donnèrent pourtant l'exemple en se jetant entièrement dans le mouvement. Grâce à Gandhi qui savait délier les bourses des riches et des pauvres, les roupies affluaient par centaines de mille à l'All India Tilak Swarâj Fund, alimentant les activités constructives : fondations d'écoles et d'universités nationales, organisation – ruineuse – du filage et du tissage artisanal, achat de deux millions de *charkha* (rouet), secours aux non-coopérateurs. Gandhi parcourait l'Inde. En signe de deuil il s'était rasé le crâne et ne portait plus qu'une bande de *khâdi* autour des reins, à la main un pauvre sac de même tissu. Pour le triomphe de la non-coopération et du *swadeshi* il a entonné l'hymne du rouet, devenu un *sacrement... indispensable pour établir le swarâj*[203], *aussi nécessaire à la vie indienne que l'air et l'eau*[204]. Sur le drapeau dont il a doté le pays et où le blanc représente les diverses sectes religieuses, le vert les musulmans, le rouge les hindous, la *charkha* est inscrite comme emblème central, car *l'Inde en tant que nation ne peut vivre et mourir que pour le rouet*[205]. Tout non-coopérateur, tout *satyâgrahi* s'engageait à filer plusieurs heures par jour et Gandhi fit vœu de ne prendre aucune nourriture avant d'avoir filé une demi-heure. Que de rêves généreux au ronronnement du rouet ! Empêcher l'hémorragie de l'argent indien vers l'Angleterre, procurer du travail aux non-coopérateurs, à tous ceux qui n'avaient qu'un pauvre repas de graines sèches et *pour qui même un anna par jour était la fortune*[206], tisser par une tâche commune des liens entre riches et pauvres ! *Il n'y avait pas de meilleur moyen d'industrialiser les villages de l'Inde*[207], de nourrir des millions d'affamés. Lorsque, quelques mois plus tard, on appellera les soldats à la désertion, on leur prescrira également de filer. Et comme *la destruction est le moyen le plus rapide de stimuler la production*[208], Gandhi, le 1er août 1921, commémora la mort de Tilak en brûlant des monceaux d'étoffes précieuses d'origine étrangère. Au moins un million et demi d'objets – certains valaient des centaines de roupies – furent livrés aux flammes. Dans ce feu sacrificiel était détruite la plus grande souillure extérieure : les étoffes étrangères. Là Satan cachait ses pièges les plus subtils. Devant ce vandalisme, lourd de violence, Tagore, Andrews élevèrent des protestations angoissées, mais des brasiers flambèrent un peu partout durant des mois : *Je transfère sur les choses la rancune des hommes*[209]. Officiant comme grand prêtre, le Mahâtma mettait le feu de ses mains, invitant les foules en délire à se dépouiller séance tenante de leurs vêtements étrangers, soulevant un enthousiasme *divin, communicatif. Le feu que j'allume n'est que l'extériorisation du feu qui me consume*[210].

Atmosphère survoltée où le zèle des partisans se muait en fanatisme. Piquets de grève, volontaires exaltés faisaient observer bon gré mal gré les consignes de boycott, obstruant l'entrée des magasins, des écoles. Qui se permettait des critiques était prié de se taire ou menacé ; une partie du peuple était « terrorisée et réduite au silence[211] ». En vain Tagore dénonçait l'irréalisme de Gandhi. Évidemment les paysans pourraient s'adonner à des cultures ou à des activités complémentaires ; évidemment si hindous et musulmans concluaient une véritable entente, un grand pas serait fait. *Si*... Les vrais problèmes subsistaient : comment unir hindous et musulmans, comment secouer l'inertie routinière des paysans ? Dire que l'on « parviendrait à l'indépendance en tournant quelques instants nos rouets, c'était manquer de bon sens... et on écartait l'économie politique en faveur d'un mensonge qui se faisait passer pour un commandement moral[212] ». Au nom de sa connaissance instinctive des masses, le Mahâtma rejetait ces *vues d'intellectuel* ; il condamnait aussi toutes les violences, rappelait inlassablement l'esprit d'amour du *satyâgraha*, la nécessité de respecter toutes les opinions, toutes les libertés. Et il prodiguait les promesses les plus folles que l'on recevait comme des oracles. Pour des millions d'Indiens, le Mahâtma détenait des pouvoirs miraculeux : le *swarâj* allait descendre du ciel, libérant à jamais de toute la misère humaine.

Le gouvernement avait annoncé qu'il ne sévirait pas tant que les Indiens n'outrepasseraient pas les directives non violentes données à Nagpur et, en particulier, tant que l'on ne porterait pas atteinte au loyalisme des forces armées. Attitude en souplesse qui cassait d'autant mieux les dents à la non-coopération qu'en sa première phase celle-ci ne touchait pas les rouages vitaux du pouvoir. Il aurait fallu passer à une deuxième étape de désobéissance civile, suspendre, par exemple, le paiement des impôts comme le réclamaient bon nombre de leaders. Mais si l'on en venait là, que deviendrait la non-violence ? Gandhi était trop lucide pour ne pas voir le dilemme dans lequel il était pris – inefficacité d'une désobéissance civile restreinte, explosions certaines de violence s'il passait à une désobéissance généralisée. Il était trop sincère pour renoncer à ses principes comme l'aurait voulu son entourage : *Je savais que je jouais avec le feu*[213]. Or le feu couvait ou flambait déjà dans la présidence de Bombay, dans les Provinces Unies, sur la frontière du nord-ouest où son grand disciple, le musulman Abdul

Ghaffar Khan, menait les Chemises rouges. Au Malabar, les Moplah, turbulente faction musulmane, s'imaginant que la puissance britannique avait fini son temps, s'étaient constitués en pouvoir indépendant et violentaient les hindous et, à l'occasion, les Anglais. Agressions, pillages, conversions forcées, meurtres furent monnaie courante pendant des mois avec, en contrepartie, la répression anglaise. Gandhi, si impatient un an auparavant de mettre en marche les forces révolutionnaires, atermoyait maintenant, cherchait à gagner du temps. *Hâtons-nous lentement*[214] devint le mot d'ordre. Ce furent les événements qui se précipitèrent, l'entraînant à leur remorque, le ballottant dans des décisions contradictoires, l'amenant à ratifier ce qu'il ne pouvait éviter, à différer ce qu'il avait décidé.

Le 8 juillet (1921), Mohammed Ali, sans consulter Gandhi, appela à la désertion les soldats musulmans : aucun musulman fidèle ne devait plus servir dans l'armée, aider ou consentir au recrutement. Le vice-roi répliqua par l'arrestation, tardive (mi-septembre), des deux Ali et de quelques autres chefs. Gandhi diffusa alors leur appel dans toute l'Inde, mais en y ajoutant une restriction : seuls auraient droit de déserter les soldats capables de subvenir à leurs besoins en filant et en tissant. Le 4 novembre le comité du Congrès autorisa les comités de provinces à entreprendre, sous leur propre responsabilité, la désobéissance civile de masse et, en particulier, le non-paiement des impôts. Pour parer le coup Gandhi fit la part du feu ; il décida et fit admettre que la désobéissance civile, qu'il mènerait personnellement, serait limitée au district de Bardoli (présidence de Bombay), district qui lui paraissait le plus sûr en raison de son étendue réduite et de la présence d'Indiens rompus aux méthodes non violentes. Se ménageant un délai de trois semaines, il avait fixé la date du 23 novembre. Le 17, le *hartal* qui salua l'arrivée à Bombay du prince de Galles, venu pour une démonstration de prestige, dégénéra en bataille rangée entre musulmans, chrétiens, juifs, hindous, parsis. Les ouvriers des filatures attaquèrent les partisans de Gandhi à coups de pierres et de barres de fer. Il y eut 53 morts, dont des policiers anglais, et 400 blessés graves. Le Mahâtma crut, tant son angoisse était grande et de si haut s'écroulaient ses rêves, qu'il ne pourrait plus vivre que quelques jours. Pour ramener le calme il jeûna cinq jours et différa la désobéissance civile. Fin décembre, au Congrès réuni à Ahmedabad, Mrs. Besant avait beau jeu pour ironiser, au nom des adversaires de la non-coopération, sur ce *swarâj* promis pour août, pour le « 30 septembre ou le 1er octobre » et qui était toujours aussi loin le 31 décembre. Le Congrès, néanmoins, donna les pleins pouvoirs à Gandhi. Mais l'impasse se resserrait de jour en jour. Il ne suffisait plus que les deux Nehru, Lajpat Rai, C. R. Das et, avec eux, 30 000 résistants fussent incarcérés car, Gandhi le constatait, ce qui se passait en prison ou dans le fond de villages inconnus n'avait plus, comme en Afrique du Sud, de *valeur spectaculaire*[215]. Il restait la ressource de *provoquer la loi martiale*[216] par une désobéissance civile de masse. Mais ce qu'était, ce que pouvait être une désobéissance civile de masse non violente, Gandhi n'en savait rien. « Il ne l'avait jamais définie, il ne se l'était jamais représentée. Elle devait se révéler, pas à pas, aux yeux clairvoyants, au cœur pur[217] », au chef inspiré qui la mènerait avec prudence, compétence parmi des hommes disciplinés. Or le *swarâj* dont il avait été témoin à Bombay avait *empuanti ses narines*[218]. Donc attendre, filer.

Les marchands étaient en difficulté, les chefs impatients : Gandhi avait beau dire, le *swarâj* ne descendrait pas des cieux. Début janvier, quatre districts de l'Andhra décidèrent de refuser le paiement des impôts. Ainsi pressé, Gandhi, après avoir tenté de négocier avec le vice-roi, reprit le 1er février le projet de désobéissance civile dans le Bardoli : elle commencerait, *décision définitive, irrévocable*[219], dans un mois. Il en informa le vice-roi par un ultimatum qui était aussi bien une demande de pourparlers. Le 6 février le vice-roi fit connaître son refus. Gandhi répliqua d'une plume acérée. Mais le 8 février il apprit qu'à Chauri-Chaura (District de Gorakpuru U. P.) 22 policiers anglais avaient été roués de coups et brûlés vifs. Qu'allait-il faire ? Se rétracter ? Annuler la désobéissance civile ? *Satan l'interdisait*[220]. Après cinq jours de jeûne il fit dans *Young India* la déclaration la plus extraordinaire qui fût jamais sortie de la bouche d'un homme politique : il confessait *l'excessive bonté de Dieu* à son égard ; Dieu venait de l'avertir que ne régnait pas encore en Inde ce climat de vérité qui, seul, peut permettre la désobéissance civile de masse, *celle qui peut être vraiment nommée civile, douce, humble, sage, volontaire et cependant aimante, jamais criminelle ou haïssable*[221]. En conséquence, la non-coopération devait être abandonnée pour des activités constructives éminemment pacifiques : union hindoue-musulmane, lutte contre l'intouchabilité, réorganisation et discipline du Congrès, progression dans les villages, paiement des cotisations et, naturellement, le rouet. *Absurde et déraisonnable du point de vue politique*, la décision était *du point de vue religieux un acte logique et je me permets d'assurer que le pays a gagné à mon humiliation et à la confession de mon erreur*[222].

C'était, pour tout le pays, tomber de haut. Au flot de lettres de protestation venues des prisons, Gandhi n'opposait qu'une réponse : *Les hommes qui sont en prison sont civilement morts et ne peuvent prétendre conseiller ceux qui sont sur place*[223]. D'ailleurs il les avait *sacrifiés comme première pénitence*[224]. Le 24 février, à une séance du comité exécutif du Congrès, il affronta sans ciller mais avec un *étonnement douloureux* les attaques furieuses lancées contre lui et il constata avec une immense tristesse que la non-violence n'avait été qu'*à fleur de peau, ... une non-violence forcée des faibles*[225].

L'heure était venue où le gouvernement pouvait, sans encourir de risques majeurs, procéder à l'arrestation du Mahâtma, cette arrestation que Londres, persuadé de sa duplicité, réclamait depuis longtemps mais que Lord Reading avait habilement différée. Appréhendé le 13 mars, jugé le 18 à Ahmedabad, Gandhi qui, selon son habitude, avait plaidé coupable mais prononcé un réquisitoire implacable contre l'Angleterre, fut condamné à six ans de détention. Le Mahâtma entra dans la prison de Yeravda à Poona *comme un fiancé... dans la chambre de sa nouvelle épouse*[226]. En définitive le gouvernement le sortait de l'impasse et lui ménageait, outre un repos qu'il croyait *avoir mérité*[227], de longs loisirs. Il les emploiera à écrire son *Autobiographie* et à méditer sur la non-violence, tirant les leçons de l'échec, forgeant d'un acier plus résistant les armes du *satyâgraha.*

Troisième campagne de satyâgraha

L'Hôtel de Sa Majesté ne retint Gandhi que deux ans. Une crise d'appendicite ayant mis ses jours en danger (janvier 1924), les Anglais, de Delhi à Londres, tremblèrent en pensant à la colère de l'Inde si le Mahâtma mourait entre leurs mains. Libéré, il mesura l'étendue de sa défaite. De l'esprit d'unité et de non-violence qui avait fait la force du mouvement du Califat, il ne restait rien. Le Congrès était tiraillé entre deux tendances opposées : d'un côté les non-coopérateurs s'efforçaient, vaille que vaille, de prolonger la campagne de *satyâgraha* mais étaient plus attachés à la lettre qu'à la vérité des méthodes non violentes ; de l'autre, les swarâjistes, conduits par Motilal Nehru, étaient partisans de l'entrée au sein des Conseils législatifs à des fins d'obstruction interne. Le communalisme (on appelle ainsi en Inde le mouvement qui oppose les sectes religieuses) s'exaspérait. Le mouvement du Califat tombé en poussière, l'animosité hindoue-musulmane, peut-être entretenue en sous-main par le gouvernement, se nourrissait de tous les prétextes. Des hindous troublaient-ils par la musique de leurs cortèges le recueillement des mosquées, les musulmans, en représailles, tuaient des vaches et les hindous tuaient des musulmans qui se vengeaient aussitôt. La moindre querelle d'intérêts, le moindre différend dégénéraient en bagarres. Et certains adversaires de Gandhi le rendaient responsable de cette tension pour avoir, en éveillant les masses de leur léthargie, redonné le goût de la guerre sainte. En fait, un peu partout dans le nord de l'Inde, à Delhi, Gulharga, Nagpur, Lucknow, Allahabad, on pillait, on incendiait, on profanait les temples. La diffusion à Kohat d'un poème farouchement anti-islamique entraîna, en septembre 1924, des troubles qui firent 155 morts, un million de roupies de destructions. Il fallut évacuer d'urgence 4 000 hindous. Quoique mal remis, Gandhi entreprit à Delhi, dans la maison de Mohammed Ali (mais bientôt, toute amitié oubliée, ce dernier proclamera que la conversion des Infidèles est le devoir de tout musulman), un jeûne à l'eau de vingt et un jours, jeûne de prière, de pénitence et démonstration d'amour : *Mon ardent désir est de cimenter, de mon sang si nécessaire, les deux communautés*[228]. A cette idée l'Inde fut traumatisée. Trois cents chefs de toutes appartenances religieuses accoururent à Delhi, élaborèrent une sorte de fragile concordat, manifestation de bonne volonté d'une inefficacité patente.

Il fallait se rendre à l'évidence : la désunion, la violence étaient partout. L'élite indienne était lasse de l'idéalisme gandhien, de son héroïsme apparemment stérile. A l'exception de quelques fidèles, pas toujours de premier plan, les éléments actifs n'accordaient plus qu'une attention distraite aux exhortations de Gandhi, quand ils ne les tournaient pas en ridicule. *Leur monde était celui des institutions*[229].

Travailler à l'unité nationale, purifier l'atmosphère, pénétrer les masses, les préparer en profondeur à une non-violence authentique devint pour Gandhi la tâche urgente, unique. Pour y parvenir, le rouet était décidément le moyen le plus efficace : *Filer est au cœur du mouvement*[230]. Aussi, au Congrès de Belgaum (1924) – où la révolte contre ses directives fut presque totale –, il abandonna la non-coopération et il concéda, à contrecœur, la participation aux Conseils législatifs. En revanche il exigea qu'aux quatre annas de cotisation demandés jusqu'alors aux membres du Congrès, fût substituée l'obligation de fournir chaque mois 2 000 yards de coton personnellement filés à la main. Les chefs les plus éminents, comme le pauvre paysan attaché à sa terre, devaient se soumettre à cette contrainte. Ces dispositions ayant été acceptées de part et d'autre – et l'unité du Congrès, souci majeur de Gandhi, sauvegardée –, chacun des deux fronts devait justifier sa ligne de conduite par les résultats qu'il obtiendrait. Le front de la participation aux Conseils ferait l'éducation politique du peuple par la coopération ; le front des activités constructives, mené par Gandhi, prouverait que pour un peuple maître de ses passions, la nature du gouvernement ne joue qu'un rôle secondaire. L'indépendance restait le but commun.

Les swarâjistes se lancèrent victorieusement à la conquête des Conseils. Ils harassèrent d'abord le gouvernement par leur opposition systématique, puis ils glissèrent de l'obstruction à l'acceptation de plus en plus ouverte des honneurs. Coopération responsable, coopération honorable, coopération si possible et obstruction si nécessaire, coopération dans la mesure où les réformes en valaient la peine, furent successivement les mots d'ordre. Les chefs s'entre-déchiraient et les partis proliféraient sous des étiquettes diverses. On vit surgir le Panjab National Unionist Party, le Responsivist Party qui, à l'appel de M. R. Jayakar, s'unit à Jinnah, chef des Indépendants, pour constituer l'Indian National Party. L'Independent Congress Party, sous la conduite de Lajpat Rai et de Malaviya, travailla avec la Hindu Mahasabha dans un esprit d'intransigeante orthodoxie hindouiste. Les musulmans, de leur côté, réclamaient une représentation séparée et appelaient à la guerre sainte. En désaccord sur la nature et le degré de collaboration aux réformes, sur la nature du *swarâj* et le moyen d'y parvenir, chacun rejetait la discipline du Congrès et menait pour son propre compte le jeu des alliances et des oppositions. Des groupements anticongressistes se constituèrent. Quant aux Anglais, ils prodiguaient les avances pour accélérer la désintégration du parti swarâjiste. C'étaient là, aux yeux de Gandhi, les fruits amers de la collaboration.

Pour lui, toute cette politique, dont il méconnaissait au reste les aspects positifs, ne pouvait donner le *swarâj*. L'indépendance, il ne cessait de le répéter, ne serait conquise que par l'unité du Congrès, l'unité hindoue-musulmane, la suppression de l'intouchabilité, les activités constructives, travail d'une *lenteur exaspérante*[231]*... insipide mais fortifiant*[232]. Le rouet demeurait au centre de son programme, il était plus que jamais la condition indispensable pour un contact réel avec les millions de pauvres disséminés dans les 700 000 villages de l'Inde. *Du khâdi, du khâdi et encore du khâdi.* De 1924 à 1929, à l'exception de 1926, année de silence et de prière qu'il passa à l'*âshram* de Sabarmati, il parcourut l'Inde au service de sa bien-aimée *charkha*, tel *Râma en quête de Sîtâ.* Sans relâche, jusqu'à l'épuisement de ses forces, visitant des lieux où n'était allé aucun homme politique, il subit le soleil torride, la poussière suffocante, la pluie, la boue, harassé par l'adoration des foules qui accouraient comme « des nuées de sauterelles », lançaient sur lui les poudres odoriférantes réservées au culte, voulaient le voir, le toucher et le couvraient d'égratignures, l'assourdissaient de leurs ovations, de leurs tambours, arrêtaient son train en se couchant sur les voies, ne lui laissaient de repos ni jour ni nuit mais qui, délirant d'amour, lui apportaient, anna par anna, pice par pice, des milliers et des milliers de roupies pour l'achat des rouets et l'organisation du tissage artisanal. Il tenait jusqu'à quinze meetings par jour. Le plus souvent on ne l'entendait pas, mais il filait dès son réveil, au cours des meetings, dans les gares en attendant les trains, toujours et partout. Sur le fil que dévidait la *charkha* reposaient la destinée de l'Inde, la révolution économique, politique, spirituelle, la formation des masses à la non-coopération. *Pour le meilleur et pour le pire, j'ai tout misé sur le rouet car il représente pour moi Daridranayan* (le peuple de Dieu), *le Dieu des pauvres parmi les pauvres*[233]. Il vendait le *khâdi* de village en village, il annonçait la non-violence, répétait inlassablement les slogans : *Si vous tirez l'épée, vous périrez par l'épée*, et l'appel de Tilak repris et complété : *Oui, le swarâj est mon* *droit de naissance et nous ne pouvons l'avoir que par le khâdi*[234]. Que lui faisaient alors les railleries, l'hostilité de Tagore et des intellectuels pour ce jouet inoffensif, *formidable folie à la demande d'un fou*[235]. Et peu lui importait que la production du rouet ne fût pas compétitive : l'enjeu était ailleurs !

Les swarâjistes se désintéressaient totalement de l'entreprise. Ils réinstaurèrent en 1925 la cotisation de quatre annas en acceptant néanmoins de porter du *khâdi* à l'exclusion de tout tissu étranger. Et Gandhi leur abandonna le travail politique pour donner tous ses soins à l'Association panindienne des tisserands qui, intégrée au Congrès, ne s'occupait que du *khâdi* mais maintenait son prestige auprès du peuple. Il obtint que, dans les écoles nationales, des heures de rouet fussent obligatoires. Les résultats pourtant n'étaient guère encourageants. Fin 1926 l'Association ne comptait que 110 cardeurs, 42 959 fileurs, 3 407 tisserands, 150 centres de production auxquels avaient été distribuées 900 000 roupies au bas mot.

Pendant ce temps les grèves proliféraient parmi le prolétariat miséreux des villes.

Le vice-roi mit le feu aux poudres le 5 novembre 1927. Ce jour-là il annonça sèchement aux chefs indiens, qu'il avait spécialement convoqués, l'arrivée prochaine de la commission Simon chargée d'enquêter sur la réforme de la Constitution, réforme statutairement prévue (Acte de 1919) pour 1929 mais dont les conservateurs, craignant la venue au pouvoir du parti travailliste, avançaient la date. Aucun Indien n'était invité à y participer. Tous les partis, Mrs. Besant et les Indépendants inclus, surmontant leurs dissensions, décidèrent le boycott de la commission. Elle fut accueillie, dès son débarquement à Bombay, par un *hartal* national puis, à son passage dans les villes au long de 1928, par d'énormes rassemblements brandissant des drapeaux noirs et criant : « Go back Simon ». Le gouvernement fit intervenir la police montée et armée de *lathis* (matraques ferrées). Mais les manifestants, s'inspirant de la non-violence, reformaient leurs rangs après les charges. Au cours d'une bagarre, le « chef le plus éminent et le plus chéri du Panjab », Lajpat Rai, fut blessé à mort. Fin 1928 les congressistes, réunis en séance plénière à Calcutta, annoncèrent solennellement que si le statut de dominion n'était pas accordé au 1er janvier 1930 et selon les modalités fixées dans un projet de Constitution qu'avait élaboré Motilal Nehru, ils entreprendraient une campagne de non-coopération non violente pour l'obtention de l'indépendance complète. Un an auparavant Gandhi avait déclaré tout net que le Congrès *se ridiculisait et se rabaissait au niveau d'un club d'écoliers*[236] en votant des motions d'indépendance. Mais la résolution de 1928 était le compromis qu'il avait imaginé pour unir les partisans du statut de dominion, dont Motilal Nehru était le chef, et la fougueuse section des jeunes qui, menés par le communiste Subhas Bhose et Jawaharlal Nehru, exigeaient l'indépendance complète. Les ligues de jeunes avaient joué un rôle prééminent dans le boycott de la commission Simon ; leur influence était telle que, pour faire adopter ce compromis et obtenir une année de délai (il en avait d'abord demandé deux), Gandhi avait dû user de toute son éloquence, laisser entendre qu'il se retirerait du Congrès et s'appuyer sur le prestige d'un récent *satyâgraha* local mené par Patel parmi les paysans du Bardoli dont on voulait augmenter les impôts.

L'état du pays invitait, d'ailleurs, à une relance de l'agitation. Le parti communiste, récemment fondé par des agents venus d'Angleterre, étendait ses ramifications au-delà des Provinces Unies ; le Congrès des *Trade Unions* était devenu un organisme puissant et très représentatif. En 1928-1929 des grèves générales éclatèrent dans les filatures de Bombay (1 500 000 travailleurs pendant six mois), dans les usines métallurgiques de Tata à Jamshedpur (3 000 grévistes durant huit mois et demi), dans les industries du jute au Bengale, sur les chemins de fer. Le gouvernement sévissait : arrestation des chefs communistes, de directeurs de journaux, lourdes peines de prison en réponse au terrorisme, institution d'un tribunal d'exception à Meerut après que Bhagat Singh eut jeté un explosif dans le Parlement à Delhi. Les négociations des partis modérés allaient d'échecs en échecs. Car si Lord Irwin cherchait la conciliation, même quand une bombe le manquait de peu, l'opinion anglaise, malgré la venue au pouvoir des travaillistes, était surexcitée et Churchill claironnait que le statut de dominion serait un « crime ». En revanche, les dirigeants indiens, quelles que fussent leur appartenance politique ou leurs répugnances personnelles, comprenaient que « la lutte, pour être efficace, ne pouvait être menée que sous la conduite de Gandhiji[237] ».

Gandhi, lui, ne se détournait pas de sa voie. Poursuivant ses voyages, il mettait le feu aux balles de tissus étrangers *comme on brûle des haillons infectés*[238], parlait sans relâche en faveur du *khâdi*, de l'union hindoue-musulmane. Le 1er janvier, date limite de l'ultimatum, approchait et, même après l'échec d'une rencontre avec le vice-roi, il ne donnait aucune directive politique, n'organisait rien en vue de la lutte imminente. Bien plus, alors que le 31 décembre les délégués au Congrès de Lahore, ayant voté la Déclaration d'Indépendance, hissaient à minuit sur les bords de la Ravi le drapeau de l'Inde nationale, alors que le 26 janvier, désormais Jour de l'Indépendance, villes et villages prononçaient avec ferveur le Serment d'Indépendance, Gandhi avait fait remettre à Jawaharlal Nehru la présidence du Congrès *car il y avait un hiatus entre lui et la jeune génération*[239] et il entendait donner à celle-ci ses responsabilités. Au reste il s'interrogeait *désespérément à la recherche d'une formule efficace*[240]*... pensant furieusement jour et nuit sans qu'aucune lumière jaillît des ténèbres environnantes*[241]. Apparemment son enthousiasme ne fléchissait pas. Mais il avait beau affirmer que les masses aspiraient à la liberté, qu'elles étaient intactes de l'esprit de violence et prêtes à le suivre – *Dieu merci, la famine les unit*[242] –, il avait beau se prétendre en mesure de mener au triomphe une campagne de désobéissance civile puisque Lord Irwin annonçait que l'indépendance était hors de question, il aurait préféré un compromis. D'où ses demandes réitérées d'une Table ronde en vue du statut de dominion, puis la publication dans *Young India*, le 30 janvier 1930, des onze Points, tentative pour obtenir des réformes économiques secondaires, mais qu'il déclarait vitales, et en échange desquelles il renonçait tacitement à l'indépendance. A la tempête de critiques que cette semi-capitulation souleva – on le pria même de se retirer de la politique –, il répliqua en affirmant son droit à conduire les masses : *Je ne l'ai pas recherché, c'est le fruit d'un service fidèle ; on ne peut pas plus se départir d'une telle autorité que changer la couleur de sa peau*[243].

Et c'est bien parce qu'il avait une conscience écrasante de ce prestige et de l'autorité du Mahâtma que le Comité exécutif du Congrès se rallia, à Sabarmati, au projet de désobéissance civile que Gandhi lui soumit enfin. Le point d'application serait le monopole du sel, trouvaille aussi géniale que, neuf ans auparavant, la question du Califat, et projet que Gandhi avait mûri en silence puisque déjà *Hind Swarâj* en envisageait la possibilité. Le volume et le poids des importations en provenance de l'Inde étant quatre à cinq fois supérieurs à ceux des exportations à destination de ce pays, les Anglais, pour assurer le lest indispensable à leurs bateaux, avaient d'abord apporté du Strand de Londres la terre avec laquelle ils avaient comblé un bras de l'Hoogli et édifié l'avenue de Chowringhee (les Champs-Élysées de Calcutta). Puis ils avaient imaginé de transporter du sel et de s'en réserver en Inde le monopole[244], grevant ainsi, à longueur d'années, le budget du plus pauvre paysan contraint d'acheter, à un prix élevé, cette denrée encore plus nécessaire à son bétail qu'à lui-même. Aucune campagne ne pouvait donc éveiller d'aussi vives résonances dans les masses. Et le sel, quel admirable symbole du *satyâgraha* !

Autre gage de succès aux yeux du Congrès : le Mahâtma changeait le style de la désobéissance civile. Premièrement, s'il était arrêté, la non-violence devait continuer ; il n'en était plus, comme par le passé, le seul chef, il la remettait à tous les hommes, à toutes les femmes de l'Inde qui, tous, étaient appelés à y participer, que *ce fût pour eux une foi ou simplement une tactique*. Mais quiconque s'engageait devait aller jusqu'au bout. Deuxièmement, il s'engageait lui aussi à aller jusqu'au bout, même si la violence éclatait en marge de la désobéissance civile. Que celle-ci soit un procédé lourd de dangers, *qu'elle puisse tourner en désobéissance violente, n'est pas, j'ai le regret de devoir le confesser, une perspective improbable*[245]*... Mais si cela se produit, je connais maintenant la voie ; et ce n'est pas le retour en arrière... Dans la lutte pour la liberté, le combat de la non-violence contre la violence, de quelque côté que celle-ci se produise, doit continuer*[246]. Certes, on devrait *s'efforcer par tous les moyens possibles et imaginables de contenir les forces de violence* mais, il l'affirmait chaque jour, *la déso-*

béissance civile ne pouvait pas, ne devait pas cette fois être arrêtée tant qu'il resterait un seul résistant civil, libre ou vivant[247]. A cette heure décisive, tout lui paraît préférable à la domination anglaise : *Malgré mon attachement à la non-violence, si je n'avais le choix qu'entre être le témoin impuissant du chaos ou le témoin de l'esclavage perpétuel, je dirais sans hésiter que je préférerais de beaucoup voir le chaos en Inde, que je préférerais voir hindous et musulmans s'entretuer que de voir chaque jour leur esclavage doré*[248]. Au reste, la désobéissance civile ne sera pas la cause de la violence – celle-ci corrode déjà le pays en son ensemble – mais *un processus de purification qui fera monter à la surface ce qui est sous-jacent et épars dans tout le corps indien*[249]. Peut-être, qui sait ? cette violence n'est-elle qu'une écume à la surface d'une eau agitée ? De toute façon, étant donné sa *connaissance de l'état du pays*, sa *foi inébranlable en la résistance civile*[250], il doit agir ; *la désobéissance civile est parfois l'exigence péremptoire de l'amour*[251].

Gandhi trouva, comme en Afrique du Sud, le geste épique propre à frapper les imaginations. Le mercredi 12 mars 1930, le bâton du pèlerin en main, il partit à pied de Sabarmati, à la tête de 79 volontaires de son *âshram* : *Je reviendrai avec ce que je veux ou mon cadavre flottera sur l'océan*[252]. Vingt et un jours durant il conduisit sa colonne, sans cesse grossie, vers Dandi, un village abandonné sur le bord de la mer à 300 km de Sabarmati. *Nous marchons au nom de Dieu*[253]. Là, le 6 avril, anniversaire du *hartal* qui avait inauguré en Inde le *satyâgraha* politique, après un bain de purification et le chant des prières quotidiennes, le Mahâtma ramassa religieusement sur le rivage quelques grains de sel, ouvrant ainsi à tous la désobéissance civile. *L'insurrection est maintenant ma religion*[254]. Harangues, arcs de triomphe, guirlandes de fleurs, drapeaux, tambours, foules immenses, journalistes du monde entier, cinéastes, rien n'avait manqué. La Marche du sel, symbole de la révolte de tout un peuple, vécue dans un délire d'enthousiasme, avait été pour le Mahâtma un triomphe. L'effet de propagande fut prodigieux : « Nul de ceux qui le croisent, relate Nehru, ne peut échapper à cet appel et les hommes pétris de l'argile commune sentent jaillir en eux l'étincelle de vie[255]. »

Fabriquer, vendre, détenir ou transporter du sel de contrebande étaient autant de délits, à la portée de tous, d'une simplicité déconcertante, mais *si* dans chacun des 700 000 villages de l'Inde dix hommes seulement transgressaient ainsi la loi, la révolte gagnait tout le pays. Les autres moyens, maintenant classiques, étaient aussi proposés : abandon des postes gouvernementaux, boycott des tribunaux, des banques, des écoles, des spiritueux, des étoffes et marchandises importées et, en outre, refus des redevances et impôts, infraction aux lois forestières, abattage massif des arbres. Des femmes se joignirent aux hommes par milliers et la police ne les épargna pas. Pendant plusieurs mois la campagne, souvent héroïquement « passive » et parfois violente, ponctuée de raids sur les dépôts de sel et les salines, de sabotages, d'incendies de postes de police, se déroula avec, en riposte, une vigoureuse répression : charges de police montée, fusillades, ordonnances restreignant les libertés individuelles et civiles, lourdes amendes, confiscation des biens, emprisonnement de quelque cent mille personnes. Jawaharlal Nehru fut incarcéré le 14 avril, puis Abdul Ghaffar Khan (le Gandhi des frontières du Nord-Est), puis Gandhi lui-même le 4 mai, et Sarojini Naidu et Motilal Nehru, pour ne citer que les chefs les plus illustres. A la fin de l'année les prisonniers étaient si nombreux que le Congrès ne put se réunir (les rassemblements étaient d'ailleurs interdits). Mais par la conjonction de la désobéissance civile et des mouvements non *satyâgrahi* de revendications, un coup sévère avait été porté : les importations de tissus étaient réduites des deux tiers, la vente des cigarettes à un sixième, les impôts et fermages rentraient mal, les taxes sur les alcools, source de richesse pour l'Angleterre, accusaient un déficit de 70 % ; le pays était désorganisé de fond en comble. Pour l'Angleterre l'heure de la négociation était venue.

L'échec des pourparlers menés par les partis non engagés dans la désobéissance civile, en particulier l'échec à Londres (novembre) d'une Table ronde à laquelle assistaient les chefs libéraux, Sapru, Jayakar, les chefs musulmans Jinnah et les frères Ali, le chef des intouchables, Ambedkar, mais pas de délégués du Congrès, démontraient amplement que l'on ne pouvait rien faire sans celui-ci. Le 25 janvier Gandhi et les membres du Comité exécutif furent relâchés sans conditions, les décrets réduisant le Congrès à l'illégalité rapportés. Le lendemain l'Inde fêta dans l'allégresse le premier anniversaire de l'*Independence Day.* Gandhi et Lord Irwin entamèrent des négociations d'autant plus délicates que ni l'un ni l'autre n'avaient leur pleine liberté. Gandhi était tiraillé par les exigences du Comité exécutif, en butte à l'hostilité virulente des musulmans et des communistes, tandis que les directives venues de Londres entravaient les initiatives du vice-roi qui devait, de surcroît, sévir là où la désobéissance civile se poursuivait. Le Pacte Gandhi-Irwin fut pourtant signé le 5 mars 1931. Gandhi avait maintenu que l'indépendance complète était et restait l'objectif du Congrès : *l'Inde ne pouvait se satisfaire de rien d'autre*[256] ; il avait été invité à une deuxième Table ronde où seraient établies les conditions d'un *partnership*. Mais dans l'immédiat, quoique le boycott des spiritueux et des tissus étrangers ne fût pas abandonné, il était allé à l'extrême limite des concessions : le monopole du sel restait en vigueur sauf pour les habitants les plus pauvres des régions côtières, il avait admis qu'il n'y aurait aucune enquête sur les agissements de la police durant l'année écoulée, que les amendes payées restaient, dans leur quasi-totalité, acquises au gouvernement, que les agents démissionnaires dont les postes avaient été pourvus ne seraient pas réintégrés ; enfin l'amnistie et la liberté n'étaient accordées ni aux prisonniers coupables de violences ni aux soldats et policiers convaincus de refus d'obéissance. Les prisonniers politiques non *satyâgrahi* ne bénéficiaient pas des accords. Gandhi les avait, en quelque sorte, abandonnés : *Je sais que ceux qui ont commis des violences pour des motifs politiques ont le droit de prétendre sinon à la même sagesse, du moins au même esprit d'amour et de sacrifice de soi que moi-même, mais j'espère qu'ils comprendront que je ne pouvais, en justice, demander leur acquittement*[257].

L'aile gauche du nationalisme et les jeunes du Congrès, sur lesquels soufflait un vent d'antigandhisme, ne comprirent pas du tout. Ils le firent d'autant plus sentir au Congrès réuni à Karachi pour la ratification du Pacte (31 mars) que, quelques jours auparavant, Bhagat Singh et deux de ses compagnons de captivité, meurtriers en 1928 d'un officier britannique, avaient été exécutés. Néanmoins l'ensemble des congressistes et la foule, légitimement fiers que Gandhi eût traité d'égal à égal avec le vice-roi, le portèrent au pinacle. On organisa un immense *darshan*[258] payant qui, à raison de quatre annas par personne, rapporta dix mille roupies. Le Mahâtma se serait alors écrié : *Gandhi peut mourir mais le gandhisme vivra à jamais*[259].

Rapidement pourtant la situation se détériora, aussi bien du côté des Indiens, enivrés de leur victoire, ou semi-victoire, et plus que jamais déchirés de communalisme, que du côté gouvernemental qui, surtout à l'échelon de l'*Indian Civil Service*, voulait marquer des points. Lord Irwin avait quitté l'Inde ; maintes assurances verbales, données au cours des négociations, avaient disparu avec lui. Ajoutons que le nouveau vice-roi devait faire face à une recrudescence du terrorisme qu'il estimait téléguidée par le Congrès. Lorsque, le 29 août, Gandhi, après avoir annulé son départ puis signé un nouvel accord avec Lord Willingdon, s'embarqua pour la deuxième Conférence de la Table ronde, *l'horizon était aussi noir que possible*[260] et lui, si optimiste d'habitude, ne gardait guère d'espoir. D'ailleurs, élaborer une Constitution ne l'intéressait pas. Le seul problème à ses yeux était de savoir de quelle part de pouvoir l'Angleterre se dessaisirait, si elle concéderait *l'indépendance complète, définie comme une association entre deux partenaires égaux et où l'Inde serait tenue par le fil de soie de l'amour*[261]. De ce fil de soie, Gandhi était assurément le seul à percevoir les nuances. De surcroît il se trouvait en porte à faux pour mener les négociations. Il prétendait être le représentant de toute l'Inde puisqu'il était le représentant du Congrès, organe officiel du nationalisme où n'était admise aucune distinction de sectes ou de castes et qui englobait, virtuellement, même les sujets des princes. Mais autour de la Table ronde siégeaient, à parité avec lui, les représentants, nommés par le gouvernement anglais, des musulmans, des sikhs, des intouchables, des princes, des Anglo-Indiens et des autres partis politiques qui, tous et chacun, défendaient ou exigeaient droits et privilèges, garanties personnelles, électorats séparés. Les Anglais qui auraient voulu régler en priorité les problèmes des minorités cherchaient à manœuvrer Gandhi. « Dans le grand salon doré et encombré de gens, Gandhi siégeait terriblement seul. Son costume (son absence de costume, devrais-je presque dire) le distinguait de tous les autres ; mais le fossé, qui séparait sa pensée de celle des messieurs bien habillés qui l'entouraient, était encore plus grand[262]. » Il assistait ponctuellement aux séances du début à la fin, les submergeait de son éloquence sans jamais s'engager dans les discussions techniques précises. *Le tout*, disait-il, *n'est qu'un énorme camouflage et demande plus que la patience de Job*[263]. Pour lui le vrai travail était, en marge des séances, les contacts de personne à personnes : il savait qu'il excellait à conquérir ainsi l'opinion. Il rencontra Bernard Shaw, Lloyd George, l'archevêque de Cantorbéry et maintes autres notabilités ; il se fit applaudir à Oxford, à Cambridge, à Eton. On vit le « petit fakir demi-nu » parmi les hauts-de-forme de Downing Street et dans les fastes de Buckingham Palace. Mais tout le temps qu'il put distraire il le passa parmi les pauvres ; il tint à s'expliquer devant les ouvriers des filatures du Lancashire que les boycotts indiens avaient réduits au chômage et réussit à se faire acclamer. Puis, la Conférence s'enlisant, il partit, s'arrêta en Suisse pour rencontrer Romain Rolland dont la plume avait si bien servi son prestige, jugea bon d'accepter une audience de Mussolini, donna des conférences partout, fut partout traité en « grande vedette[264] ». Le 24 décembre il était de retour en Inde où tout allait de mal en pis. L'intermède était fini. Déjà, *cadeau de Noël* du vice-roi, Abdul Ghaffar Khan, Jawaharlal Nehru avaient été arrêtés. Gandhi fut, lui aussi, incarcéré le 4 janvier. Ce fut le signal de la reprise générale de la désobéissance civile, une désobéissance civile ardente mais qui faute de directives et de plan d'ensemble s'effrita en quelques mois.

Les chefs étaient en prison, les biens des *satyâgrahi* saisis et vendus, la presse muselée. Instruits par l'expérience les maîtres de l'Inde avaient mis au point un système de défense précis, rapide, efficace. En même temps, à Londres, leurs experts établissaient activement les modalités de la nouvelle Constitution.

La lutte contre l'intouchabilité

Si les Anglais croyaient toucher au port, ils se leurraient. Le Mahâtma était prêt à reprendre la lutte. Et avec quel éclat ! Les dispositions électorales prévues pour les intouchables répondaient aux demandes de leur chef, Ambedkar, mais pas à ses volontés, à lui, Gandhi. Jamais, lui vivant, elles n'auraient force de lois ! Il refusait une Constitution qui ferait état de différences entre intouchables et hindous ! Il était en prison, certes, mais pas désarmé. On entendrait sa révolte : pour l'abrogation de ces mesures, il jeûnerait à mort.

Effacer la *tache honteuse de l'intouchabilité* avait toujours été une de ses préoccupations majeures, un des objectifs imposés aux *satyâgrahi* parallèlement au *khâdi*, à l'union hindoue-musulmane. Il n'admettait pas que quelque soixante millions d'hommes, 27 à 30 % de la population indienne, fussent projetés hors de la vie sociale, que leur contact, de près, de loin ou par objet interposé, et leur ombre même étant une souillure, ils fussent frappés d'incapacité religieuse et sociale : interdiction d'utiliser les mêmes points d'eau que les hindous de caste, interdiction de circuler sur les mêmes routes, de fréquenter les mêmes écoles, les mêmes hôpitaux. Au sein d'un peuple obsédé de pureté rituelle, on imagine, ou plutôt on n'imagine pas, à quelles vexations les parias étaient en butte, à quelle misère ils étaient réduits, qu'ils exerçassent, évidemment au profit des hindous, les métiers honnis de vidangeurs, corroyeurs, blanchisseurs, ou qu'ils fussent, tels les Ezhava, aussi cultivés et raffinés qu'un brahmane de la haute société. *Socialement, ils sont des lépreux. Économiquement, ils sont dans une situation pire que des esclaves. Au nom de la religion on leur refuse l'usage, à égalité avec les hindous de caste, des routes publiques, des écoles publiques, des hôpitaux publics, des puits publics, des fontaines publiques, des parcs publics... Qu'ils s'approchent au-delà d'une distance fixée, c'est, dans certains cas, un crime social. Parfois leur vue même est un délit... Ils ne jouissent, pour ainsi dire, d'aucun service commun. Hommes de loi et médecins de caste leur refusent leurs services... Cependant ils paient les mêmes impôts que les hindous de caste*[265]. Dans les usines et les taudis des grandes agglomérations, la promiscuité forcée avait quelque peu ébranlé les barrières ; mais partout les parias relégués dans les pires quartiers, parqués à l'écart, étaient condamnés à des conditions de vie atroces et déshonorantes. C'était une ségrégation pire, Gandhi l'avait dit mille fois, que celle imposée par les Blancs aux hommes de couleur. Il avait lutté avec acharnement contre cette *excroissance honteuse de l'hindouisme,* la dénonçant vigoureusement, accueillant des parias à son foyer et dans ses *âshram,* appuyant en 1925 un *satyâgraha* à Vaikom (Travancore) grâce auquel les hors-castes avaient obtenu, après des mois de souffrances, le droit de longer un des côtés du temple pour regagner leurs logis. Or établir, comme le faisait la Constitution, des modalités électorales propres aux intouchables, c'était, du moins Gandhi le pensait, institutionnaliser officiellement en

Inde nouvelle leur ségrégation. Déjà à la Table ronde il avait juré de s'y opposer au prix de sa vie.

Aussitôt que la décision de Gandhi fut connue (il avait annoncé son jeûne à mort dès le 18 août à Ramsay Macdonald puis par la presse le 12 septembre), l'Inde entière fut en proie à une crise émotive intolérable, exacerbée par son extension même : la vie du Mahâtma était en danger, le Mahâtma ne devait pas mourir ! Le 14 septembre un vaste mouvement en faveur des intouchables se dessina, des milliers de meetings eurent lieu, des hindous de caste fraternisèrent avec des parias, prenant même des repas avec eux. Les chefs religieux et politiques, décidés à sauver Gandhi à tout prix, se réunirent à Bombay puis accoururent à la prison de Yeravda, cherchant une solution. Mais Ambedkar, pour qui ce jeûne n'était qu'un « énorme bluff politique », restait irréductible : il craignait que le Congrès, à majorité hindouiste, n'écrasât, une fois au pouvoir, les intouchables. Il voulait coûte que coûte des collèges électoraux séparés. Gandhi, qui jeûnait depuis le 20 septembre, s'affaiblissait d'heure en heure ; le 23 les médecins le déclarèrent à toute extrémité. Sur ordre du gouvernement, Kasturbai, incarcérée à la prison de Sabarmati, fut conduite auprès de lui. Le 24, dans l'anxiété générale, après des consultations fiévreuses, un compromis, le Pacte de Yeravda, fut signé puis ratifié en toute hâte à Londres et à Delhi. Enfin, le 26 septembre, en présence de deux cents personnes dont Tagore, après le chant de poèmes du *Gîtân-jali*[266], la récitation de versets sanskrits, Gandhi reçut des mains de Kasturbai le verre de jus d'orange qui mettait fin à son jeûne. Le Mahâtma était sauvé. L'Inde reprit souffle.

Quel était le gain de l'opération ? Le projet gouvernemental, tout comme le Pacte de Yeravda, établissait les intouchables membres de plein droit du corps électoral hindou mais, contrepoids aux pressions dont ils seraient inévitablement victimes, 74 sièges leur étaient réservés durant un certain laps de temps et pourvus uniquement par leurs votes. Aux termes du pacte de Yeravda le nombre de ces sièges passait à 148 et les titulaires étaient désignés en une élection à deux degrés : un collège primaire, composé uniquement des intouchables, proposait 4 candidats par siège, lesquels étaient ensuite départagés par un vote de l'ensemble du corps électoral hindou. En admettant, et ce n'est pas certain, que le système établi par le pacte de Yeravda garantît davantage les droits des intouchables et protégeât plus efficacement la société hindoue du danger d'être divisée, le résultat n'en était pas moins hors de proportion avec les moyens mis en œuvre. La montagne accouchant d'une souris ? Ce n'était pas la manière de Gandhi. Alors ? Estimait-il que la lutte pour l'indépendance était dans une impasse, le peuple las et terrorisé ; doutait-il, non de la non-violence – sa foi est sans ombres – mais de la qualité, de la pureté de sa technique qui lui aurait paru entachée de violence ? Il invoquera ces arguments lorsque, quelques mois plus tard, il mettra fin officiellement à la campagne de désobéissance civile. Le jeûne aurait donc préparé les esprits à cette décision, tout en engageant, d'ores et déjà, les forces vives sur le terrain nouveau et en permettant de prendre le pouls de la nation. L'hypothèse n'est pas à exclure. Mais outre que la première menace de ce jeûne datait de la Table ronde, le procédé serait tout de même bien tortueux : Gandhi voit généralement plus grand et la cause des intouchables lui tenait à cœur. Pensait-il, déjà, qu'une vigoureuse campagne d'anti-intouchabilité, l'égalité politique donnée aux parias, permettraient au Congrès, malgré son caractère hindou, de *conquérir en un clin d'œil les musulmans*, comme il le déclarera en

1946[267] ? Soixante millions d'hommes pèsent lourd dans la balance ! Il importait alors de mettre à l'actif du Congrès l'initiative de cette première – donc considérable – mesure légale. Et il fallait frapper fort. Fins religieuses et fins politiques s'entremêleraient, complémentaires et inséparables. On comprendrait, de surcroît, pourquoi Gandhi n'éleva aucune objection contre les autres électorats séparés (musulman, sikh, anglo-indien, etc.) concédés par la Constitution et qui portaient atteinte, sinon à l'unité hindoue, du moins certainement à l'unité nationale. L'enjeu n'était en aucune façon le même. Mais qui peut sonder le cœur de Gandhi ? Il avait réussi, en tout cas, avec une intensité à laquelle aucune tractation ordinaire n'aurait pu prétendre, à ébranler l'opinion indienne. Il avait provoqué un choc psychologique, bouleversé les sensibilités, mis en question à l'échelon de la nation la *honte de l'intouchabilité*. Certes elle ne fut pas supprimée. On n'extirpe pas en un jour ce qui est enraciné dans l'inconscient collectif d'un peuple et que la religion a sanctionné en explication de la condition humaine : le paria lui-même admet qu'il naît paria en juste châtiment des fautes commises en ses vies antérieures. Mais si l'intouchabilité fut officiellement abolie dans la Constitution de l'Inde indépendante, les intouchables le doivent au Mahâtma.

Politiquement aussi les conséquences du geste de Gandhi furent considérables. Un tournant était pris. La lutte pour l'indépendance passait au second plan, toutes les forces devaient dorénavant être consacrées à la lutte contre l'intouchabilité. Et, autre conséquence qui pèsera lourdement sur l'avenir de l'Inde, les violentes réactions que soulèvera cette atteinte à l'orthodoxie hindoue allumeront un nouveau et virulent foyer de dissensions intestines. Pour une partie de l'opinion Gandhi mettait « la religion en danger ». Dans l'immédiat, les swarâjistes, abasourdis, désorientés, assistèrent, bon gré mal gré, à la liquidation de leur combat. Car, après une période confuse (novembre à fin août) où jeûnes, arrestations, libérations de Gandhi alternèrent, celui-ci, définitivement relâché sur un nouveau jeûne à mort, annonça la suspension de la désobéissance civile de masse et individuelle. Il décréta qu'il serait désormais le seul représentant actif de la résistance civile et il en interdit la pratique à tout autre : *Il faut comprendre que la résistance civile n'est que pour ceux qui connaissent et accomplissent le devoir de l'obéissance volontaire à la loi et à l'autorité*[268]. Puisque, contrairement à l'esprit du vrai *swarâj*, une large section du Congrès désirait réintégrer les Assemblées législatives, puisque les Anglais, loin de s'être convertis, s'étaient durcis et manifestaient une hostilité accrue, il fallait trouver les moyens de présenter le message de la non-violence dans sa splendeur. Quant à lui, Gandhi, libre mais n'ayant pas purgé sa dernière peine de détention, il se considérait jusqu'à l'expiration de celle-ci comme prisonnier et s'abstiendrait de toute action politique agressive. Tant de subtilité, un tel renversement de perspectives dépassaient l'entendement. Du fond de sa prison, Jawaharlal Nehru cria son désespoir. Pour Subhas Bhose et maints autres adversaires, ces décisions de Gandhi étaient l'aveu de son échec.

Aux yeux du Mahâtma, il n'y avait pas, il ne pouvait pas y avoir d'échec : la non-violence était invincible. Par le mouvement de flux et de reflux qui caractérise son action, il substituait simplement, comme en 1922, la non-violence constructive à la non-violence agressive. *Si je veux gagner le swarâj par la non-violence, je dois discipliner mon peuple*[269]. Il se consacra entièrement à cette tâche jusqu'en 1939, fondant la Ligue d'anti-intouchabilité, la Société des Serviteurs des

Intouchables, donnant ses directives dans un nouvel hebdomadaire, *Harijan* (le Peuple de Dieu, beau nom par lequel il désigna désormais les parias). Il reprit ses interminables voyages à travers l'Inde, souvent à pied car *autos et voitures entravent l'action des forces spirituelles*[270], dormant au bord des routes sous les manguiers ou les banyans, refuges des errants, et s'exposant ainsi sans défense aux attaques de ses adversaires. L'âshram de Sabarmati a été dissous, ses biens donnés aux Harijan, ses disciples dispersés. Gandhi a pour port d'attache une hutte dans la misérable agglomération de Segaon (ou Sevagram) à quelques kilomètres de Wardha (Madhya Pradesh) où il n'a d'abord pas permis à Kasturbai de le rejoindre. Il y vit rivé à des réformes d'hygiène et de morale élémentaires, à l'organisation d'un artisanat dont le slogan est : « Cent pour cent *swadeshi* », l'objectif une autarcie de village. Tout doit être fabriqué sur place, papier, allumettes, pâte dentifrice, balais, brosses à dents, sucre et, bien sûr, le *khâdi, ce deuxième poumon de la nation*[271]. Rien ne le rebute, ni le climat malsain, ni la « ménagerie » qui l'entoure, ni la minceur des résultats, ni l'indifférence quasi générale des paysans, ni les manifestations hostiles. Lorsqu'on tente de l'assassiner, il se remet entre les mains de Dieu. Il a choisi la voie la plus humble et convie ceux qui croient en son message à partager le sort des intouchables, à devenir, comme lui, leurs serviteurs, leurs infirmiers, leurs vidangeurs. Quant au *swarâj*, il viendrait sûrement en son temps puisque *moyens et fin sont des termes convertibles*, puisque *tout moyen pur conduit infailliblement à la fin*. Les jeûnes anarchiques qui se multiplient, les marches gigantesques entreprises par des paysans revendiquant, sous la conduite des socialistes, des réformes agraires, ne font pas partie des « moyens purs » et il les condamne.

Officiellement il ne participe plus à la vie politique. En 1934 il s'est retiré du Congrès dont il n'est même plus un membre à quatre annas. Cependant les chefs viennent à Wardha le consulter, l'orientation de la politique est discutée avec lui, le Comité exécutif siège autour de lui. Artisanat, *khâdi*, unité inter-sectes, lutte contre l'intouchabilité, le programme constructif du Congrès est maintenu en ses grandes lignes tel que Gandhi l'a voulu. Sa personnalité, dont le rayonnement attire en Inde journalistes et délégations du monde entier, continue à dominer la vie indienne. Les différentes Associations panindiennes[272] qu'il a créées et supervise, corps autonomes et apolitiques, maintiennent son emprise. « Sa sortie du Congrès était plus spectaculaire que réelle. » Quand en 1937 la nouvelle Constitution, qui prévoyait l'établissement progressif de l'autonomie mais à laquelle on reprochait d'être due à une décision étrangère, entra en vigueur, les élections, dont il se désintéressait ouvertement, furent menées au cri de : « Votez pour Gandhi ». Les congressistes obtinrent partout la majorité des sièges ainsi que les ministères dans sept provinces. Si le gouvernement central restait aux mains des Anglais, la vie des provinces dépendait maintenant des Indiens, victoire qui était, pour partie, le fruit des formidables coups de boutoir portés par les campagnes de *satyâgraha*. De l'ombre relative où il se tenait, Gandhi n'hésitait pas à dire : *Je suis aussi puissant que jamais et je le prouverai le moment venu*[273].

La Seconde Guerre mondiale

Pour la seconde fois, l'Inde était, par la volonté de l'Angleterre, impliquée dans la guerre mondiale, l'économie nationale reconvertie, les régiments de volontaires massés à Singapour, en Égypte. La Ligue musulmane, la Mahasabha, les libéraux, les États princiers offrirent aussitôt leur concours et, tandis que les communistes prêchaient la révolte (certains rejoindront les forces de l'Axe), les chefs congressistes voulaient troquer leur aide contre l'indépendance. Gandhi, les yeux fixés sur son idéal, ne consentait pas à la guerre. Il lui aurait fallu renoncer à un demi-siècle de foi non violente et, du même coup, dépouiller le Congrès de son auréole, trahir l'espoir du monde à l'heure où celui-ci *attendait de l'Inde quelque chose de nouveau et d'unique*[274]. N'avait-il pas, au reste, écrit aux Juifs, aux Tchécoslovaques, que la non-violence hardiment adoptée confondrait immédiatement Hitler ? Les faits cependant s'imposaient, désorientants. *Dans le secret de mon cœur j'ai une querelle perpétuelle avec Dieu qu'il puisse permettre de semblables choses ; ma non-violence semble presque impuissante*[275]. Querelle avec Dieu, querelle avec lui-même, le Mahâtma était pris au piège de la non-violence. Mieux qu'en 1920 ou en 1930, il en mesurait les difficultés : *Je ne savais pas alors que je m'avançais sur un terrain miné*[276].

Il fallait pourtant donner des directives. Une fois de plus il trouva un compromis. Il annonça que toute sa sympathie allant aux Alliés, il refusait de les *embarrasser* et accordait à l'Angleterre son aide inconditionnelle sur une base purement non violente. *Les vœux ardents du Congrès feraient plus pour l'Angleterre que de nombreux bataillons... la cause anglaise aurait un fondement moral inattaquable*[277]. Formule de neutralité ou menace ? En clair, il refusait toute participation militaire et restait maître de dénoncer, à son jour, à son heure, les atteintes permanentes à la non-violence qu'étaient l'assujettissement de l'Inde aux Anglais et l'utilisation à des fins de guerre de son potentiel économique et humain, libre par conséquent de relancer le *satyâgraha* quand il lui conviendrait.

Sur ces bases, aux remous des événements, allait se jouer entre Gandhi, le Congrès et le vice-roi une partie triangulaire aux apparences confuses, contradictoires, mais passablement retorse qui, malgré les affirmations réitérées de *non-embarrassement*, déboucha par deux fois sur la désobéissance civile. L'Angleterre avait besoin de l'Inde, l'Inde voulait l'indépendance, Gandhi dosait politique et non-violence selon les besoins de l'heure.

En septembre 1939, malgré l'opposition de Gandhi trop avisé pour ne pas prévoir l'issue, le Comité exécutif offrit l'aide de l'Inde contre une déclaration d'indépendance avec application immédiate « dans la plus large mesure possible ». Lord Linlithgow proposa la formation d'un Comité consultatif de guerre et l'élargissement de son Conseil mais en remettant le changement constitutionnel à la fin des hostilités. Dépit du Congrès. Tous les ministres congressistes démissionnèrent le 1er novembre et parlèrent d'entreprendre la désobéissance civile. Or ils ne le pouvaient sans Gandhi. Et pour Gandhi l'heure était encore aux activités constructives : *Plus vous filerez, meilleurs soldats vous serez*[278]. Angoissé, redoutant, devant les options divergentes que suscite la guerre, l'effondrement de l'unité nationale si durement construite, le vieux lutteur se raidit et tient tête : Ceux qui récriminent *croient à mon emprise sur les masses mais pas aux moyens qui me l'ont donnée... Ils veulent seulement m'exploiter et me payer à contrecœur ce que demandent, comme ils disent, mon ignorance et mon obstination*[279]. Quelle désobéissance civile mènerait-il avec un Congrès indiscipliné, corrompu, la rupture béante entre hindous et musulmans ? *Et la défaite je n'en veux pas ; et la défaite je ne l'ai jamais connue*[280]...

Juin 1940 : l'Angleterre, l'Inde elle-même sont menacées d'invasion. Gandhi n'a toujours pas *le moindre doute : une armée non violente même déguenillée déjouerait les plans d'Hitler. Je n'ai besoin ni de ses tanks ni de ses aéroplanes. Il n'a pas besoin de détruire nos foyers. Notre armée non violente l'accueillerait et peut-être n'oserait-il pas venir*[281]. Mais le Congrès estima qu'il avait pour tâche, non l'organisation de la paix mondiale mais le *swarâj* et la défense de l'Inde. Ne tenait-il pas sa chance ? Que le Mahâtma poursuivant son grand idéal délivre au monde le message de la non-violence ! De là, deuxième demande d'un gouvernement national, deuxième refus du vice-roi qui proposa aux Indiens d'être ministres responsables au sein du Conseil consultatif de guerre. Aussitôt le mouvement de balancier reprit : le Congrès revint à Gandhi et à sa non-violence et Gandhi, cette fois, se décida. Les cœurs étaient-ils mieux ancrés dans la non-violence, le terrain plus sûr ou le Congrès plus soumis à Gandhi dressé contre un adversaire affaibli auquel il prétend accorder une *sympathie plus ardente encore qu'un an auparavant mais qui a indubitablement changé de forme*[282] ? Quoi qu'il en fût, le 21 septembre 1940, le Mahâtma reconnaissait à l'Angleterre le droit de se défendre par les armes mais réclamait pour l'Inde la liberté de prêcher ouvertement la non-coopération à l'effort de guerre. C'était annoncer la reprise des mouvements subversifs. Car comment imaginer que le vice-roi tolérerait une campagne contre le recrutement des soldats ou l'aide économique ? Le 17 octobre, Gandhi lançait la désobéissance civile sous forme de *satyâgraha* individuel confié à des disciples choisis et à des personnalités représentatives. Il les envoyait un par un dans les villes et les villages répéter le slogan : *Il est mal de soutenir l'effort de guerre britannique en hommes et en argent.* Vinobha Bhave, arrêté au bout de trois jours, fut condamné à trois mois de prison, Nehru à quatre ans, puis ce fut le tour de Patel, de Rajagopalachari, d'Azad, président du Congrès, puis de divers membres du Comité exécutif, des Assemblées provinciales et centrales. Pour Gandhi, cette campagne, qui se déroulait dans le plus grand calme, voire une « espèce de torpeur[283] », était et ne devait être qu'*un signe de protestation.* Il importait, ses instructions le précisaient, de ne pas exciter l'opinion publique. *Cela ne conduirait à rien d'autre qu'à gêner les autorités et ce serait trahir l'esprit de la non-violence*[284]. De toute façon, disait-il, *le climat n'est pas favorable à une action de masse*[285]. Au printemps 1941 les congressistes étaient convaincus de la futilité de leur action que Gandhi ne voulait pourtant ni arrêter ni étendre et 25 000 Indiens dont 29 anciens ministres se trouvaient en prison.

Les événements extérieurs, invasion de la Russie, attaque de Pearl Harbour, avance victorieuse des Japonais en Birmanie avec la chute de Rangoon et bientôt de Singapour, contraignirent les Anglais à céder les premiers. Fin 1941, Lord Linlithgow amnistia tous les *satyâgrahi* et demanda leur collaboration. Gandhi aurait voulu continuer la désobéissance civile. Le Congrès refusait car « aller en prison ne menait plus à rien[286] ». Néanmoins quand Churchill, pressé par Roosevelt, envoya en mars Sir Stafford Cripps offrir à Delhi le statut de dominion avec possibilité de sécession et, dès la fin des hostilités, la formation d'une Assemblée constituante indienne, il rapprocha Gandhi et les autres chefs. Les propositions de Cripps, *chèque postdaté*, furent rejetées. C'était l'indépendance immédiatement, *cette nuit même, avant l'aube s'il se peut*[287], qu'exigeaient dorénavant la plupart des leaders congressistes et Gandhi encore plus qu'eux. Car les Japonais bombardaient Colombo, Vizagapatam, Coconada sur la côte du Coromandel, l'opinion indienne s'affolait et le Mahâtma avait découvert que l'unique moyen de galvaniser le peuple, de l'amener à résister unanimement aux Japonais, était le transfert immédiat du pouvoir aux mains des Indiens, le départ sans délai des Anglais. *Quit India* était son nouveau mot d'ordre. *Je sais que cette idée inattendue, exprimée à un pareil moment, a stupéfié beaucoup de gens. Au risque de passer pour fou, j'avais à dire la vérité si je voulais rester honnête envers moi-même*[288]. L'attitude, en effet, était étrange. Quand le Congrès, quelques mois auparavant, alors que l'Angleterre était encore toute-puissante, réclamait l'autonomie, Gandhi condamnait au nom de l'*ahimsâ* les marchandages et affirmait sa volonté de *ne pas embarrasser le gouvernement dans son effort de guerre*[289]. Mais quand l'Angleterre étant au bord de l'abîme, lui, Gandhi, exigeait, outre l'indépendance, le départ pur et simple, sans aucun délai, des Anglais, de leur administration, de leurs troupes, l'abandon complet de leurs bases stratégiques et des ressources indiennes, et même l'abandon de toutes leurs possessions en Asie et en Afrique, c'était, il le répétait dans *Harijan* et à tous les échos, dans des lettres à Roosevelt, à Tchang Kaï-chek, aux Japonais, c'était *le pas essentiel pour le salut du monde, pour la destruction du nazisme, du fascisme, du japonisme... L'acceptation de ma demande confondra tous les plans militaires de toutes les puissances de l'Axe*[290]. Et c'était pour l'Inde la sécurité assurée. *Je suis convaincu que la présence des Britanniques appelle l'invasion japonaise*[291]. Eux partis *les Japonais seraient contraints de reconsidérer leurs plans*[292]. Au pire, invasion, sanglant affrontement hindou-musulman, les partis se battraient-ils *comme des chiens*[293], le pays traverserait l'épreuve. *Laissez l'Inde*, adjurait Gandhi, *aux mains de Dieu ou en langage moderne à l'anarchie, que cette anarchie conduise même pour un temps à la guerre civile ou à un brigandage effréné*[294]. De toute façon une Inde libre, devenue pour les Britanniques une *grande alliée*, serait bien plus apte à tenir tête aux Japonais ; quant aux Anglais, ils seraient *délivrés d'un fardeau effroyable*[295], *leur cause assise sur une base morale inébranlable*[296]. Néanmoins, comme tout cela pouvait n'être qu'un *rêve éveillé*[297], il conseilla également d'évacuer les femmes et les enfants et à tous de s'adonner à des tâches utiles qui les prépareraient à une non-coopération non violente contre les Japonais.

Sous la pression de Gandhi – il avait finalement reconnu le danger de l'abandon par les Anglais des bases stratégiques indiennes et le retrait demandé n'était plus que « le retrait des maîtres[298] » – le Comité exécutif élabora en juillet-août un ultimatum aussitôt ratifié par le Comité du Congrès : ou le transfert immédiat du pouvoir à un gouvernement provisoire qui résisterait à l'agression de concert avec les Alliés et de toutes ses forces armées et non violentes (concession à Gandhi), ou une action de masse sous la conduite de Gandhi. Un *satyâgraha massif... à la plus vaste échelle possible*[299], chacun devrait *faire vœu de faire ou de mourir*[300]..., *arme parfaitement non violente* puisque l'Angleterre s'était mise *moralement* dans son tort. Malgré l'âpreté du ton, malgré les appels à la *rébellion ouverte*, à la *révolution non violente totale*, cette mise en demeure n'était vraisemblablement aux yeux de Gandhi, et même de Nehru, qu'une façon de relancer des négociations. « La résolution n'est pas une menace, c'est une ouverture et une explication, c'est une offre de coopération[301] », écrivait

Nehru. Car rien assurément n'était prêt pour un *satyâgraha* de masse. Tout au plus avait-on élaboré de vagues projets de grèves générales, de saisies de terres. Gandhi se donnait d'ores et déjà un délai de deux à trois semaines pour exposer au vice-roi le sens de ses décisions. Aussi fut-il stupéfait, tout comme Nehru, d'être arrêté, avec bon nombre de chefs congressistes, la nuit même du vote. Churchill, convaincu qu'il n'était pas « Premier ministre de Sa Majesté pour présider à la liquidation de l'Empire », prit des mesures en conséquence : emprisonnement de tous les dirigeants, séquestre des biens des diverses associations, saisie des stocks d'*Harijan*, censure des journaux. A toute l'Inde s'étendit une rébellion très violente – les leçons de l'*ahimsâ* étaient oubliées. Terrorisme, sabotages, incendies, destructions des voies ferrées, attentats de tous genres firent rage pendant trois ou quatre mois, probablement sous la conduite d'un parti révolutionnaire organisé de longue date mais dont la non-violence avait, pour un temps, refréné l'action. Sans doute est-ce pour expier son erreur et ces violences, ainsi que les souffrances de la répression, que Gandhi entreprit, dans le palais de l'Aga Khan où il était détenu, un jeûne de trois semaines.

« Si personne ne répond à ton appel, Marche seul, marche seul. »

La Seconde Guerre mondiale portait en elle la fin du colonialisme. L'Angleterre, épuisée par l'effort, n'était plus en mesure de retarder l'indépendance de l'Inde et, sur place, l'agitation sans merci des trente dernières années avait brisé les ressorts de l'administration. En outre une créance d'un milliard trois cents millions de livres sterling sur la Grande-Bretagne, l'armée de deux millions d'hommes qu'elle avait levée, mettaient « pour le dire crûment... l'Inde... en position forte pour marchander[302] ». Peut-être le tenace Churchill aurait-il continué la lutte ? Mais la victoire des travaillistes aux élections de 1945 ayant amené Attlee au pouvoir, le vice-roi, Lord Wavell, reçut mission de réaliser promptement l'autonomie. Les dissensions intérieures de l'Inde rendaient la tâche malaisée. Entre le Congrès et la Ligue musulmane, réorganisée par Jinnah, l'animosité n'avait cessé de croître depuis 1937. C'était le revers des victoires remportées par le Congrès, de ses efforts pour absorber les musulmans. Ceux-ci craignaient d'être submergés par une vague d'hindouisme et Jinnah soutenait avec une âpreté grandissante que le Congrès, en dépit de ses déclarations, n'était qu'une organisation pro-hindouiste, étrangère, comme le prouvait sa doctrine de la non-violence, à l'esprit du Coran, et qui perpétuerait la frustration économique et sociale des musulmans ; seule la Ligue musulmane représentait les intérêts des musulmans et il demandait la « partition » de l'Inde, la création du Pakistan. Son intransigeance mit dans l'impasse les pourparlers de la mission anglaise conduite par Sir Stafford Cripps, Lord Pethick Lawrence, secrétaire d'État, et Albert B. Alexander, Premier lord de l'Amirauté. La partition mutilait l'Inde, désorganisait sa vie économique en ses rouages les plus essentiels (au Bengale, pour ne citer qu'un exemple, les matières premières se trouvaient d'un côté, les usines de l'autre tandis que les professions se répartissaient souvent selon l'appartenance religieuse). C'était de toute évidence une *monstruosité*, une *folie*. D'autant que le nouvel État devant être divisé en deux parties situées à quelque 1 300 km l'une de l'autre, ses communications se trouvaient, en temps de paix comme en temps de guerre, à la merci de l'Union indienne. Enfin, quoi qu'on fît, on ne pouvait empêcher que d'importantes minorités non musulmanes, 30 % environ à l'Ouest, 40 % à l'Est, fussent incluses dans le Pakistan tandis que quelque 25 millions de musulmans restaient épars dans le territoire de l'Hindoustan. Il fallait l'immense orgueil entêté de Jinnah pour vouloir un tel non-sens et le Congrès ne se résignait pas à l'accepter. Mais Jinnah avait ensorcelé les musulmans. Les Anglais, de leur côté, ne voulaient pas agir sans lui, bien qu'ils fussent persuadés – les conclusions de la mission avaient été formelles – que la meilleure solution eût été de conserver l'unité de l'Inde. Comme le soulignait lucidement Gandhi, la politique des Anglais ne faisait que refléter les faiblesses nationales ; il était *stupide* de croire que les dissensions étaient créées par eux. Les événements allaient lui donner tragiquement raison.

Le 12 août 1946, après des mois de pourparlers infructueux, Lord Wavell chargea Nehru de former un gouvernement provisoire de Rassemblement national. Jinnah refusa la participation de la Ligue, il déclencha une « journée d'action ». D'effroyables émeutes ensanglantèrent Calcutta : 5 000 morts, 15 000 blessés d'après les documents officiels, chiffres au-dessous de la réalité. La violence s'étendit des grands centres urbains jusque dans les campagnes. Hindous et musulmans, frères ennemis, profanaient les lieux saints, convertissaient de force, pillaient, incendiaient, massacraient, enlevaient femmes et enfants. L'horreur atteignit son comble tant dans la région de Noakhali (delta du Gange et du Brahmapoutre à forte prédominance musulmane : 80 %) que dans le Bihar (à majorité hindoue) où une dizaine de milliers de musulmans furent tués. Le langage de la raison n'était plus écouté. Nehru parla d'envoyer une escadrille de bombardement.

Gandhi était écrasé de détresse, d'angoisse : *Jamais je n'avais expérimenté de telles ténèbres*[303]. Libéré par les Anglais en août 1944, un an avant les chefs congressistes (juin 1945), il restait la figure prééminente du Congrès mais sans rôle officiel, à l'arrière-plan de la scène diplomatique. Au cours d'entretiens à titre privé avec le vice-roi il avait pourtant, à plusieurs reprises, contribué à arracher les négociations aux sables où elles s'enlisaient. Les chefs du Congrès le consultaient encore en toutes occasions mais ne suivaient guère ses conseils. Une partie du pays lui était d'ailleurs hostile – hindouistes orthodoxes qui ne lui pardonnaient ni sa lutte contre l'intouchabilité ni son esprit de tolérance à l'égard des musulmans, hommes de gauche pour qui l'idéal moral qu'il proposait à l'Inde proliférante et plus affamée que jamais manquait de réalisme, privilégiés de toutes sortes dont il dénonçait la longue collusion avec les Anglais. Même Nehru, même Patel, autrefois son *Sir Yes-Yes*, s'étaient respectueusement mais nettement séparés de lui. La non-violence, arme efficace contre un pouvoir étranger, était sans valeur, Nehru l'avait toujours affirmé, pour organiser l'indépendance.

La foi de Gandhi en l'*ahimsâ* demeurait intacte. Il fallait en démontrer la puissance face à la situation nouvelle ; il fallait prouver que la création du Pakistan était inutile, qu'hindous et musulmans pouvaient vivre côte à côte. Et il fallait le prouver non par des paroles de politicien mais au cœur de la mêlée.

Le Mahâtma atteignit alors au faîte de sa grandeur. En dépit de ses soixante-quinze ans, de l'usure de cinquante années de luttes qu'avaient jalonnées quatre-vingts mois de prison, plusieurs jeûnes à mort (le dernier en 1944) et bien qu'il fût encore profondément ébranlé par la mort de Kasturbai et de Mahadev Desai, il partit pour la région la plus déchirée, le Noakhali. Qu'importait si ses efforts le tuaient ! Sur une étendue de plus de 350 km^2 les maisons avaient été brûlées, les habitants massacrés par milliers. Il voulait *faire ou mourir*. Accompagné seulement d'un interprète (gujrati, il ne sait pas le bengali), pieds nus, appuyé sur une perche qui le soutenait au passage des étroites passerelles branlantes si nombreuses en cette terre de delta, il parcourut de janvier à mars une cinquantaine de villages. Les décombres calcinés, les ossements entassés, les taches de sang encore fraîches criaient la haine et la vengeance. Venu pour *essuyer toutes les larmes de tous les yeux*[304], il écoute le récit des atrocités, compatit à toutes les souffrances, ne condamne personne. Il apaise, il tente d'apaiser les fureurs à force d'amour et de tranquille courage. Fidèle à la vérité, il dénonce aussi les crimes, il dresse le bilan des responsabilités. *Tâche herculéenne*[305] : les pauvres paysans l'écouteraient peut-être, ils viennent nombreux ; mais les politiciens les excitent, des banderoles hostiles sont accrochées aux arbres, du verre pilé, des immondices répandus sur les sentiers qu'il doit suivre ; des volontaires qu'il a disséminés dans la région sont tués ; dans les journaux et les lettres acerbes qui lui parviennent on ne lui ménage ni les soupçons ni les accusations. Pour la première fois il n'obtient pas la confiance, le climat d'affection dont il a tant besoin. Pis encore : il s'aperçoit que son action envenime les rapports entre la Ligue musulmane et le Congrès. Et il doute de lui-même : sa non-violence ne serait-elle, comme celle de toute l'Inde, qu'une non-violence de lâche et de faible ? Il intensifie son ascèse, source de sa force, et il continue son pèlerinage de paix. Dans chaque hameau il demande qu'un musulman et un hindou s'engagent à protéger l'autre communauté. Le soir, à la réunion de prières où alternent versets du

Coran, hymnes hindous et chrétiens, il exhorte inlassablement à la tolérance. Puis, la nuit tombée, il s'abrite chez qui veut bien le recevoir, de préférence un musulman, travaillant encore pour tenir à jour une énorme correspondance, rédiger les articles d'*Harijan*, suivre les négociations en cours, discuter avec les chefs politiques qui viennent le consulter.

Fin mars il retournait à Delhi pour des entretiens avec Lord Mountbatten, dernier vice-roi. Le 20 février Attlee avait annoncé à la Chambre des communes que les Anglais quitteraient l'Inde, quoi qu'il arrivât, en juin 1948. Le Congrès se débattait dans l'alternative de la création du Pakistan ou de la guerre civile, face à Jinnah qui, pour arriver à ses fins, fomentait des troubles de jour en jour plus graves, levait des milices, appelait de ses vœux l'intervention armée de l'URSS. Gandhi qui a tout essayé, même d'émouvoir Jinnah, préférerait retarder l'indépendance, risquer après le départ des Anglais le chaos et l'anarchie *dont le pays sortirait purifié*, tout plutôt que d'accepter la *vivisection* de l'Inde. Espérait-il, en gagnant du temps, en se dépensant sans compter, hier dans le Noakhali et maintenant dans le Bihar, calmer les hindous et les musulmans ? Croyait-il que les difficultés s'amenuiseraient quand les Anglais ne seraient plus entre les partis ? Ou, vieux renard, pensait-il que si le Congrès, rassemblement majoritaire, refusait la partition et, au besoin, abandonnait le pouvoir, les Anglais seraient contraints de mettre Jinnah à la raison ? Calcul subtil qui aurait pu se révéler exact.

Mais il était trop tard. Personne n'avait plus foi en la non-violence. *Qui m'écoute aujourd'hui ?* L'indomptable Mahâtma excepté, les hommes étaient las, ils voulaient récolter le fruit de leur dévouement : tant d'années de souffrances, de combats, de prison ! Le Congrès craignait que le pouvoir ne lui échappât s'il ne le saisissait pas immédiatement. Des dissentiments opposaient Nehru et Patel, aussi honnêtes et patriotes l'un que l'autre mais trop différents de tempérament.

L'Inde fut donc scindée et malgré leur unité de langue, de culture et de traditions, le Panjab et le Bengale furent divisés par les nouvelles frontières. Les États princiers, invités à opter pour l'une ou l'autre nation, tendirent à la sécession. Il fallut l'énergie de Patel, « homme de fer », pour les rattacher, le cas échéant, à l'Inde proprement dite, et au Hyderabad, l'intervention de l'armée. Quant au Cachemire, on sait qu'il constitue aujourd'hui encore une menace permanente pour la paix.

Le 15 août 1947 à minuit, Rajendra Prasad, président de l'Assemblée constituante, proclamait l'indépendance. Tous les orateurs rendaient hommage à Gandhi, « lumière qui nous a guidés..., Père de la Nation qui, incarnant l'antique esprit de l'Inde, a tenu haut la torche de la liberté, éclairé les ténèbres environnantes ». Dans les rues, les conques résonnaient. Delhi, l'immense pays en effervescence retentissaient du cri mille fois répété : « *Mahâtma Gandhi ki Jai*, victoire au Mahâtma Gandhi », le cri de lutte et d'espoir devenu en ce jour le cri de triomphe. Mais Gandhi était absent ; il n'avait même pas consenti à adresser un message. Cette victoire n'était pas celle qu'il appelait de ses vœux puisque l'Inde était déchirée, ensanglantée, puisque le peuple, en ses chefs et en ses masses, s'était détourné de la non-violence, n'y avait même jamais adhéré du fond du cœur, il en était sûr maintenant. Une fois de plus il avait recommandé à chacun d'agir selon sa conscience. Pour sa part il tâtonnait dans d'épaisses ténèbres et ce 15 août, à Beliaghata, quartier de Calcutta où les bagarres avaient été particulièrement atroces, campé dans une masure musulmane abandonnée, il priait, il filait, il jeûnait.

L'angoisse l'étreignait. Par-delà les déclarations pacifiques, par-delà les élans de fraternisation qu'entraînait pour un jour l'euphorie de la victoire, il prévoyait les massacres à venir et sa pensée ne pouvait se détacher de ceux qui souffraient. Quelque douze millions de réfugiés, immenses colonnes qui s'étiraient sur cinquante, soixante kilomètres, fuyaient en sens inverses, musulmans gagnant le Pakistan, hindous venant en Inde, portant sur leurs épaules les vieillards, les enfants, poussant devant eux leur bétail, s'attaquant les uns les autres, pillant, tuant, mourant de fatigue et de faim. Misérable exode qui aboutissait à des camps misérables, sur les trottoirs des villes, sous les porches, dans les cours, partout dans la vermine, les immondices, le dénuement. Et malgré leur malheur commun, une hostilité de plus en plus farouche. Situation inextricable contre laquelle les nouveaux chefs s'épuisaient en vain.

Ce fut le Mahâtma qui fit face. Aux côtés du musulman Surhawardy, ancien Premier ministre du Bengale et quelques mois auparavant un de ses ennemis déclarés, il parcourut les rues de Calcutta. Un calme relatif s'établissait à leur passage et durant la réunion de prières tenue chaque soir par Gandhi en un lieu public. On écoutait les exhortations du Mahâtma, on avait honte de tant de folie ; pour quelques heures les haines se taisaient, puis elles flambaient de nouveau. La nuit du 30 août des forcenés attaquèrent la maison où dormait Gandhi, ils voulaient lyncher Surhawardy. Quand le Mahâtma tenta de les apaiser, ils lancèrent sur lui des briques ; la police dut intervenir avec des bombes lacrymogènes. Aux alentours des musulmans étaient tués. Le lendemain matin Gandhi avait décidé de jeûner à mort. *C'est nous qui sommes responsables. Si nous ne les soutenions pas de notre passivité, les gens sans aveu n'auraient aucun appui... Je veux toucher les cœurs de ceux qui sont derrière eux*[306]. Il ne prendra aucune des précautions habituelles, il ne s'arrêtera que si Calcutta revient à la raison. *Si la vie me quitte, je serai heureux*[307].

Comme lors du jeûne pour les intouchables, l'Inde s'émut. Ceux qui hier encore injuriaient Gandhi, l'accusaient de trahison et s'affolaient dans leurs haines religieuses, sentirent sourdre en eux une bonne volonté. Des chefs qui s'étaient prudemment tenus à l'abri se firent tuer en menant dans les rues des « brigades de paix ». On réinstalla dans leurs maisons des musulmans chassés quelques jours auparavant, des mosquées furent rendues au culte. Grenades, revolvers, poignards, barres de fer furent volontairement déposés chez Gandhi, des tueurs vinrent s'entretenir avec lui. Le 4 septembre on annonça au Mahâtma qu'aucun incident ne s'était produit depuis vingt-quatre heures. Mais il voulait la promesse qu'il n'y aurait plus de troubles à Calcutta même si le reste de l'Inde était à feu et à sang ; il voulait que les musulmans vinssent eux-mêmes l'assurer qu'ils se sentaient en sécurité ; il exigea un document où les responsables des deux communautés s'engageraient à préserver la paix au prix, s'il le fallait, de leur vie. Désormais il n'y eut plus d'incidents graves à Calcutta entre hindous et musulmans réconciliés par celui « qui était prêt à mourir pour que l'on puisse vivre en paix[308] ». « Dans le Panjab, lui écrivit Lord Mountbatten, nous avons 55 000 soldats et des émeutes sur une grande échelle. Au Bengale, nos forces ne sont que d'un seul homme et il n'y a pas d'émeute. Permettez-moi de rendre hommage à l'armée frontalière d'un seul Homme[309]. » « Gandhi a fait bien des choses, mais rien, pas même l'indépendance, n'est aussi admirable que sa victoire sur le mal à Calcutta[310]. »

Pourtant *ce serait se tromper soi-même que de se*

satisfaire de si peu. Le 7 septembre, Gandhi, à peine remis de cette sévère épreuve, partit en toute hâte pour Delhi, « cité de la mort ». Deux cent mille réfugiés dans la plaine de Kurukshetra, hindous et sikhs campés dans les quartiers intouchables, musulmans entassés près de la tombe d'Humayun, trente mille à Gumna Masjid, cinquante mille à Purana Quila, tous sans abri, sans vêtements, sans nourriture. Et leur flot grossissait toujours. Les efforts de Nehru, de Patel restaient vains. La police, l'armée ne parvenaient ni à organiser les secours ni à maîtriser l'anarchie et, trop souvent en proie aux mêmes haines, se joignaient aux pillards et aux assassins. Demain les musulmans tenteraient un coup d'État, demain l'incendie embraserait l'Inde d'une extrémité à l'autre. De nouveau, le 13 janvier 1948, Gandhi jeûna à mort *dans l'agonie de son cœur.* De nouveau le « miracle » se produisit. Le 18, les représentants des organisations hindoues signèrent, en présence des chefs musulmans, une déclaration de paix en sept points comportant un programme concret de mise en application. Ils s'engageaient « à protéger la vie, les biens, les croyances des musulmans[311] » ; ils prenaient en charge la paix à Delhi et dans toute l'Inde. La coexistence hindoue-musulmane fut dès lors possible.

Mais au sein des groupements et des partis politiques orthodoxes la haine contre Gandhi s'exaspérait. Un premier attentat échoua le 20 janvier ; puis le 30, alors qu'il se rendait comme chaque soir à l'assemblée de prières, un jeune homme s'approcha, le salua respectueusement et tira à bout portant trois balles de revolver. Le Mahâtma savait quelles menaces pesaient sur lui, il était prêt au pire : *Si je dois mourir de la balle d'un fou, que ce soit avec un sourire. Qu'il n'y ait pas de colère en moi. Que Dieu soit dans mon cœur et sur mes lèvres*[312]. Il tomba en murmurant : *Râm, Râm.*

UN MAGICIEN, UNE ÉNIGME

« Mon impression sur Gandhi ? Autant demander quelle impression on éprouve devant l'Himâlaya », disait Bernard Shaw. Si simple et néanmoins étrange, sincère au point de rendre soupçonneux, fascinant, déconcertant, « quel problème, quelle énigme », s'écrie Nehru, « il a été tant pour son peuple et ses intimes que pour le gouvernement britannique [313] ». Physiquement déjà il est tout en contrastes. Corps frêle planté sur des « jambes d'échassier », grande bouche édentée, nez écrasé sur la lèvre épaisse, laid indiscutablement. Mais la vigueur spirituelle s'imposait : « Il était clair que ce petit homme compensait son piètre physique par une âme d'acier ou de roc qui refusait de ployer devant la force brute. Malgré son visage peu impressionnant, son pagne, sa nudité, il y avait en lui quelque chose de royal qui forçait à lui rendre obédience... Ses yeux calmes et graves vous tenaient sous leur regard, vous sondaient jusqu'au fond de l'âme. Sa voix nette, limpide pénétrait, s'insinuait jusqu'au cœur, remuait les entrailles [314]. » Rien d'apprêté ou de tendu, tout au contraire : un sens de l'humour jamais en défaut, « un sourire délicieux, un rire contagieux... Lorsqu'il entrait dans une pièce, c'était une brise d'air frais qui allégeait l'atmosphère [315] ».

Qui ne l'a pas connu ne peut imaginer le rayonnement de cet être exceptionnel. « Ses écrits ne lui rendent pas justice, ils le rapetissent », affirme Nehru qui craint que le Mahâtma n'apparaisse comme « une sorte de prêtre terriblement puritain, une espèce de calviniste rabat-joie [316] ». De fait, jusque dans les lettres intimes, le moraliste, le politique, le prophète prennent le pas sur l'homme et l'on ne retrouve guère ce qui lui gagnait les cœurs : l'indulgente bonté, la chaude sympathie toujours en éveil, toujours prête à partager peines et joies. Mais dans la vie quotidienne l'on n'échappait pas à ce « charme qui venait tout simplement de la beauté de son âme [317] ». Certes on ne tardait pas à découvrir que dans le gant de velours la main était de fer. « Sciemment, délibérément doux et humble il respirait le pouvoir et l'autorité, en était parfaitement conscient et se montrait parfois impérieux en diable, donnant des ordres qu'il *fallait* exécuter [318]. » La pression morale qu'il exerçait – c'était, quoiqu'il s'en défendît, un de ses moyens d'action – accablait les êtres trop faibles pour lui résister. *Bapu* (Père), comme l'appelait avec vénération son entourage, pouvait être singulièrement dur. Trois enfants de l'*âshram* meurent de la variole, il interdit les vaccinations : *Je veux que tous vous chérissiez la mort et la souffrance plus que la vie* [319]. Bon gré, mal gré il imposait l'héroïsme, d'autant plus tyrannique que croissait sa certitude d'être l'instrument de Dieu. Son message, sa mission commandaient tout. De ce despotisme sacré Kasturbai porta la première le poids et Mahadev Desai de s'écrier : « Vivre avec les saints dans le ciel est une bénédiction et une gloire... Vivre avec les saints sur la terre est autre chose. » Mais comment lui tenir rigueur de ces ombres ? Comment ne pas admirer sa grandeur exemplaire ? Même pour Tagore, le poète amoureux de toutes les formes de la vie, cette « quintessence d'ascète » restait « un homme qui ne se renfrognait pas devant les joies des autres mais travaillait jour et nuit à leur épanouissement[320] ». Une sensibilité inquiète, matée à grand effort, qui s'épanouit en mysticisme et s'apaise dans l'amour qu'on lui témoigne, la passion et la force du prophète, c'était un être de chair et de sang, d'une exceptionnelle humanité.

Plus étonnants, plus déconcertants étaient l'homme politique et son étrange non-violence. Sans cesse les Nehru, Patel, les vice-rois, les Indiens, les Anglais s'interrogeaient. Que pense-t-il ? Où conduit-il l'Inde ? Croit-il vraiment arracher l'indépendance par la non-violence, par elle seule, ou cache-t-il son jeu pour déchaîner la violence quand il jugera l'heure venue ? Veut-il réellement libérer l'Inde ou est-il à ce point obsédé par son rêve qu'il ne songe qu'à tenter de folles expériences ? Folles peut-être, mais si merveilleuses ! Son action est « hardie, efficace, auréolée d'éthique, pleine d'un attrait irrésistible[321] ». Déjà en Afrique du Sud Gokhale lui reconnaissait « le pouvoir de transformer une bande de va-nu-pieds en une armée de martyrs[322] ». Or depuis que le Mahâtma parcourt l'Inde, cet immense pays, hier apathique, démoralisé, n'a plus peur et se soulève à sa voix. Car dès qu'il parle, il envoûte, hypnotise. L'ancien avocat n'a du reste oublié aucune des habiletés de son métier. Il prend spontanément tous les tons, il explique, démontre à grand renfort d'arguments, d'anecdotes, d'apologues, il s'adapte à chacun de ses auditoires, il sait plaire, attendrir, indigner, exalter, entraîner. Ses mots simples touchent au vif, obligent à se juger, se réformer, agir, tandis que les enthousiasmes éphémères sont impitoyablement écartés. Partout où il passe, le peuple immense et misérable de l'Inde accourt. Ils sont là, par centaines de mille parfois, affamés, déguenillés et les yeux pleins d'espoir. Ils le contemplent, ils communient à sa force, il est vivant et marchant sur la terre un de ces mahâtma dont les hauts faits emplissent les légendes familières, dont la toute-puissance fait trembler les dieux mêmes. Peut-être est-il, qui sait ? une nouvelle incarnation de Vishnu. Les quelques paroles que l'un ou l'autre avait saisies – sa voix est sourde et il se résignera mal à l'emploi du haut-parleur –, ils se les répétaient le soir dans leurs masures. Leurs maux allaient finir, le *Râm Râj*, l'âge d'or, revenait. Bien sûr, à y penser de près, ils ne voyaient pas pourquoi il fallait nettoyer les sentines des villages ; son rouet était une drôle d'idée et leurs doigts usés par la terre, trop gourds pour dévider le fil. Mais ils se sentaient aimés par un homme qui, le premier, était venu de très loin jusqu'à eux, vêtu comme eux, parlant comme eux, semblable à eux, même s'il les dépassait de beaucoup. Par *Young India*, par *Navajivan* où Gandhi, semaine après semaine, racontait sa vie, déversait son âme et entrait dans leur horizon, ils savaient qu'il ne demandait aucun sacrifice qu'il n'eût consenti le premier. Les slogans simples, mobilisateurs qu'il forgeait avec tant d'art, les imprégnaient, les entraînaient ; sa lutte devenait leur lutte, leurs souffrances étaient le prix et l'annonce de la victoire. Alors ils mettaient une image du Mahâtma à côté des statues de leurs dieux et étaient prêts à donner leur vie après avoir donné pices, annas, et les femmes leurs bijoux.

Avec l'élite du pays, du moins avec ceux de ses représentants qu'il ne réduisait pas à « l'état de bouillie mentale [323] », la partie, plus serrée, était encore plus prestigieuse. De tous côtés s'élevaient des récriminations. Ses directives, sa manière d'agir étaient si inhabituelles, ses volte-face si déconcertantes, ses justifications si peu convaincantes quand on les examinait d'un œil froid, voire « une insulte à l'intelligence, une comédie stupéfiante de la part d'un chef national [324] ». Il condamnait la guerre et rameutait des soldats pour l'armée anglaise, il prêchait le loyalisme, la soumission aux lois, il affirmait sa volonté de *non-embarrassement* envers le gouvernement et lançait ses gigantesques campagnes de non-coopération, de désobéissance civile qu'il arrêtait à la veille de la victoire pour *résister à Satan* et ne plus songer qu'au rouet. Qu'il se laissât guider, comme tant de chefs, par son intuition, soit ! Mais que venaient faire dans la conduite de la politique tant de considérations métaphysiques ? Pourquoi confondre indépendance et règne de Dieu ? Vers quelles terres inconnues entraînait-il quand il demandait d'*accepter littéralement* telle description d'une *expérience unique* : *Je m'étais endormi la veille au soir sans la moindre idée d'annoncer un jeûne le lendemain matin. Vers vingt-trois heures quelque chose m'éveille soudain et alors une sorte de voix – intérieure ou extérieure, je ne sais – murmure : « Tu dois jeûner. – Combien de jours ? demandai-je. La voix dit à nouveau : vingt et un jours. – Quand commencer ? – Demain. Je m'endormis la décision prise*. Et quand on lui représente qu'il est la proie de son imagination échauffée et suréchauffée par les murs étouffants de la prison, il admet l'hypothèse comme possible mais non valable puisqu'il croit le contraire[325]. Cependant il recherchait la discussion, il écoutait avec une patience affectueuse, inaltérable ; il se montrait humble, plus maladroit, plus fautif que tous et, dans la totale liberté d'expression qu'il faisait régner autour de lui, il suscitait de nouvelles critiques : « On dirait qu'il y goûte une secrète volupté[326]. » De son rire joyeux il balayait méfiances et rancœurs. « Moins vous êtes d'accord avec lui, plus vous sentez son amitié grandir. » N'a-t-il pas pour règle que *si quelqu'un nous regarde comme son ennemi, nous en sommes les premiers coupables*[327] ? Mais « derrière cet intérêt courtois on avait l'impression de se heurter à une porte close[328] ». « Monsieur Gandhi, l'adjurait

Lindsay à la Table ronde, envisagez comme possible que vous puissiez vous tromper. Mais Monsieur Gandhi ne croyait pas que c'était possible. Car... il a un démon et quand ce démon a parlé, la mort peut jeter ses griffes à la face du Mahâtma ou une Université entière apporter ses arguments, Monsieur Gandhi est inébranlable[329]. » Ce qui ne l'empêchait pas de « triompher d'individus décidément hostiles à sa politique[330] ». On se séparait de lui tout en continuant à l'aimer ou du moins à l'admirer. Car chacun, malgré qu'il en eût et quels que fussent ses besoins, trouvait en lui ce qu'il cherchait. Patel était séduit par le réalisateur étranger aux vains bavardages, Birla et tant d'autres par son idéalisme. Motilal Nehru, grand seigneur occidentalisé, aimant la vie fastueuse et qui proclamait qu'il ne croirait jamais en Dieu, fut attiré par la vigueur spirituelle du Mahâtma et, bien que le nationalisme religieux sous-jacent à la non-violence lui déplût, admettait qu'en politique il avait trouvé un maître. Jawaharlal, lettré et artiste, dont le socialisme, voire le marxisme, se heurtait à l'idéologie de Gandhi, fut captivé, entre autres choses, par son génie de l'action, par sa grandeur morale, par l'harmonie de cette vie d'ascète « qui avait fait de son existence une œuvre d'art consommée[331] ». Il discutait, il critiquait, il se révoltait, puis il se soumettait et portait au Mahâtma une affection filiale. Face aux puissantes factions orthodoxes irritées de ses campagnes contre l'intouchabilité comme par sa complaisance envers les musulmans, il parlait, il vivait en champion de la tradition, plus hindou que beaucoup d'entre eux malgré son éclectisme. Révolutionnaires et communistes lui reprochaient âprement ses idées arriérées, sa condamnation de la violence et du progrès mais ils se sentaient dépassés. Avec quel génie il avait, le premier, organisé un mouvement de masse, quelle efficacité dans la lutte ! D'ailleurs ne pourrait-il pas devenir un allié ? Ne déclarait-il pas : *Ma foi en la non-violence non seulement ne m'empêche pas mais m'oblige à m'associer avec les anarchistes et tous ceux qui croient en la violence*[332]. Tous espéraient que « du fait de son extrême sensibilité à l'évolution des situations... il ferait les pas nécessaires... dans la bonne direction[333] ». Il était l'homme avec lequel on pouvait toujours parler, impartial, désintéressé, toujours prêt à imaginer un compromis : *Le compromis est une partie de ma nature*[334]. Enfin aux heures où l'union était une nécessité, lui seul avait le génie de trouver un dénominateur commun, seul il avait assez de tact, de souplesse politique pour concilier les tendances opposées. A maintes reprises le Congrès renâcla ; mais les chefs savaient – et pas seulement ceux du Congrès – qu'ils ne pouvaient se passer de Gandhiji. Maugréant contre sa dictature, ils sollicitaient ses avis car son instinct politique était plus pénétrant que toute leur logique, car il avait une connaissance intuitive quasi parfaite des foules, de leurs ressources et de leurs limites, des tactiques à leur appliquer, discernant avec sûreté le moment favorable, l'objectif précis, inventant les moyens spectaculaires propres à dérouter l'adversaire tout en exaltant les forces indiennes, toujours au-delà de la peur, chassant le doute par sa seule présence, insufflant l'audace. Au demeurant aucune de ses méthodes n'était tellement nouvelle : *swadeshi*, boycotts, formes de non-coopération, prison, l'Inde en avait fait l'expérience depuis longtemps. Mais avec lui tout était nouveau, « ses décisions ne pouvaient laisser personne indifférent[335] », « sa vie gênait les Anglais, sa mort les gênait et du fait même qu'il existait, il les obligeait à respecter les Indiens[336] ». C'était lui, lui seul, que les masses suivaient, tout-puissant parce que le peuple l'aimait. « Il était la quintessence de la volonté consciente et inconsciente de ces millions d'êtres... l'idéalisation symbolique de cette immense multitude[337]... » « le chef miraculeusement accordé à l'Inde émotive, sensible, éminemment accessible aux sentiments d'affection, de sympathie et à l'appel de l'ascète, du mystique[338] ». Alors il devait bien avoir raison de quelque manière que l'on ne saisissait point. D'ailleurs que pouvait-on faire d'autre que de le suivre ?

Dix fois, vingt fois, Nehru a tenté de tracer le portrait de Gandhi. Pas une affirmation qui ne soit aussitôt nuancée, rectifiée, contredite, par la crainte évidente de s'égarer malgré tant d'années vécues côte à côte. « Fine fleur d'intelligence, sensibilité subtile, homme de goût et de large vision... doté d'une personnalité stupéfiante... dépassant de loin le paysan moyen et malgré tout... un *grand paysan*, un homme qui voyait *en paysan* les affaires de ce monde et qui avait devant certains aspects de la vie, l'aveuglement du *paysan*[339] » ; proposant des palliatifs, peut-être valables temporairement mais à l'échelon artisanal et villageois, alors qu'il aurait fallu une refonte totale du système agraire et économique ; ne soupçonnant ni la complexité des relations internationales ni les liens qui unissent de nos jours indépendance, instruction et industrialisation. « Rebelle-né dont la philosophie était plus ou moins celle d'un anarchiste[340] », « révolutionnaire aspirant à de profonds bouleversements et que les conséquences de l'action n'étaient pas faites pour effrayer[341] » et « idéologiquement il faisait parfois figure de retardataire à un point insensé[342] » ; « il bénissait les reliques d'un ordre désuet[343] », défendait le système des castes, prenait en main les intérêts des zamindars, des maharâjah et de leurs États féodaux, il battait en brèche l'action des syndicats ouvriers. Revendiquant le titre de « démocrate-né », il affirmait

« avoir droit à ce titre d'honneur si une complète identification avec les plus pauvres des pauvres, l'ardent désir d'une vie qui ne fût pas meilleure que la leur et l'effort correspondant et conscient pour atteindre à ce niveau... justifiaient une telle prétention[344] ». Mais cette conception « relevait décidément de la métaphysique[345] ». Et pouvait-on dire qu'il conduisait le pays en démocrate ?

Pensera-t-on qu'une telle complexité, tant de paradoxes, le « vague délicieux[346] » ou l'obscurité, voire la confusion des idées, étaient voulus, partie intégrante d'un plan ? S'agit-il, pour lâcher le mot, d'une sorte de machiavélisme ? Gandhi n'est-il pas le politique « éternellement à la recherche d'un compromis entre les extrêmes, entre les classes et les partis[347] », qui se veut l'ami de tout le monde, qui allie la raideur du doctrinaire à la plus extrême souplesse dans les applications – *la conviction est une chose, la pratique correcte une autre*[348] –, qui ne se soucie jamais d'être cohérent avec ses affirmations antérieures – *le changement est une condition du progrès*[349] –, tout entier à la vérité du moment présent que lui dicte Dieu ou « la silencieuse petite voix intérieure », mais « tout à fait suffisamment perspicace pour n'agir que d'après les intuitions que sa raison confirmait[350] » et en fonction des nécessités de l'heure, capable « de cette sorte de mauvaise foi secrète qui le fait se prouver par des raisonnements sophistiqués que le parti qu'il accepte est celui de la vertu et de la loi divine, même quand c'est le contraire et qu'il ne peut l'ignorer[351] », politique d'autant plus roué qu'il est apparemment plus ouvert, plus transparent ? Cependant, et nul même parmi ses adversaires les plus acharnés ne le contestait, la sincérité du Mahâtma est totale, sa volonté de vérité authentique, son horreur du secret, des manœuvres occultes réelle, la ligne de sa vie droite, sa générosité, sa grandeur exemplaires, magnifique son effort pour juguler la violence, la haine et promouvoir l'amour. « Personnalité unique à laquelle on ne pouvait appliquer ni les échelles de valeur courantes ni les canons de la logique ordinaire[352]. » De sorte qu'en définitive savoir « s'il fut le politicien le plus saint ou le saint le plus politicien restera toujours affaire d'opinion[353] ». En tout cas, au carrefour de l'histoire de l'Inde où il s'est trouvé, politique d'une rare envergure, analysant avec la plus étonnante lucidité les malaises de l'Inde et révélant à celle-ci ses points de force, chef incomparable, travaillant à assainir le pays, délivrant tout un peuple de la peur, l'entraînant par des activités accessibles, graduées, formant, grâce à ses puissantes associations et grâce au Congrès dont il était l'âme, une « armée » permanente toujours mobilisée, avec laquelle il reste en contact personnel, expérimentant avec prudence et ménageant les hommes mais surtout conscient, plus que nul ne l'était autour de lui, de ce qu'est une nation et capable d'en cimenter l'unité. Par-delà les partis, les intérêts, les rivalités, les sectes, ayant même pour un temps gagné les musulmans, Gandhi faisait de l'Inde une nation.

Tout n'est pas dit pour autant. Le mystère de Gandhi, c'est, penserions-nous, le mystère (dont l'histoire offre d'autres exemples, ainsi un Savonarole) de la coexistence, en un même homme, du prophétisme et de l'action politique, coexistence lourde d'ambiguïtés car elle conduit à une extraordinaire combinaison, où la part de chaque élément reste impossible à évaluer, d'une sainteté passionnée de réformes et d'une habileté nécessaire quoique toujours menacée de se dégrader. *Dieu m'a miséricordieusement donné mission de proposer la non-violence*[354], *j'ai mission de convertir tout Indien, les Anglais et finalement le monde entier à la non-violence*[355]. C'est pour répondre à cet appel que Gandhi s'engage corps et âme dans la politique : *Je ne pouvais pas vivre une vie religieuse sans m'identifier avec l'ensemble de l'humanité et cela, je ne pouvais le faire sans me mêler à la politique*[356]. *Si je m'occupe de politique c'est tout simplement parce qu'aujourd'hui la politique s'enroule autour de nous comme les replis d'un serpent dont on ne peut se dégager quelque mal qu'on se donne*[357]. Au départ une voie royale s'ouvre devant le prophète. Le messianisme qui l'anime lui permet de pressentir les exigences latentes de ceux qu'il veut conduire, enflamme sa parole et rencontre une connivence toujours disponible au cœur des foules. Pour un temps la décision la plus fidèle au message se révèle, dans les faits, la plus efficace, la plus politique. Mais le « serpent » ne se laisse pas longtemps déjouer ; l'heure vient fatalement où, en dépit des intentions, la politique empiète sur la mystique, la raison, les raisons, sur la vision religieuse, les nécessités de l'action sur l'intégrité du message. La non-violence est adoptée par les chefs indiens avec le consentement provisoire, et de plus en plus étendu, de Gandhi comme une tactique et non comme une foi. Les hommes que le Mahâtma pensait utiliser pour le triomphe de la non-violence *l'exploitent* ; mais, puisque les moyens restaient purs et Dieu indubitablement présent, les résultats seraient purs[358]. Du moins il le croyait. *Si l'Inde fait vraiment l'expérience de la non-violence, elle ne reviendra pas en arrière*[359]. Sûr, trop sûr d'être un instrument divin, il franchit, sans en avoir conscience, l'impalpable frontière qui sépare servir Dieu et se servir de Dieu. Ce qu'il condamnait d'abord, il se croit autorisé à l'admettre : le chaos est préférable à l'asservissement, la violence n'est plus qu'une écume montant à la surface, un processus de purification, *nous devons croire que la non-violence ne peut aboutir au chaos*[360]. Un jour enfin les yeux du prophète, resté malgré tout totalement sincère, se dessillent, les coups de barre interviennent ; flux et reflux de ses directives, de son action ; il se retire de la politique et on le rappelle. Jusqu'au moment où, rendu à sa solitude, pris dans la nuit, il n'est plus que cri prophétique d'amour et de paix.

Ne nous leurrons pas cependant. On n'explique pas un homme comme Gandhi. « Du fond de ses yeux, a écrit Nehru, c'était l'Inconnu qui nous regardait[361]. »

DOCTRINE DE LA NON-VIOLENCE

Une ahimsâ aussi indéfinissable que Dieu

On chercherait vainement dans les écrits de Gandhi un exposé systématique de la non-violence. A l'exception de *Hind Swarâj* et de l'*Autobiographie*, les ouvrages parus sous son nom ne sont que des extraits d'articles de journaux, de lettres, pièces officielles, notes intimes, discours ou entretiens arbitrairement groupés par les éditeurs par centres d'intérêt. Ce sont des documents inépuisables pour qui veut connaître la pensée et l'action de Gandhi. Il est au premier plan avec ses aspirations, ses difficultés, ses rêves, son génie et ses contradictions. En toile de fond, les hommes et les événements qu'il a affrontés, les problèmes, si divers, qu'il a tenté de résoudre. Qu'elle s'appelle résistance passive, *satyâgraha*, force de l'âme, de la vérité, loi d'amour, la non-violence est partout présente, elle informe la pensée, dicte les actes. Tout est coulé en elle. Mais tout est épars. Théories, directives, mises au point se succèdent et se nuancent suivant les nécessités du jour, les tempéraments des interlocuteurs. Bref, c'est le film – où les ciseaux n'ont pas passé – de la progressive découverte que Gandhi accomplit, « la compilation de ses explorations dans le monde de l'esprit[362] ».

Il y a plus. Cette présentation fragmentaire n'est pas accidentelle. Certes Gandhi, homme d'action et journaliste-né, a peu de goût pour les dissertations en forme : *Mon rôle est d'agir ; ce qui m'apparaît comme mon devoir et ce qui se présente à moi, je le fais*[363]. Mais surtout la nature de la non-violence et, corrélativement, la nature de la mission dont Dieu l'a investi, interdisent, à son sens, toute tentative de synthèse : *De mon vivant*, dit-il, *un tel* (traité) *serait nécessairement incomplet ; tout au plus pourrait-on l'écrire après ma mort. Et même alors laissez-moi vous avertir qu'il échouerait à donner un exposé complet de l'ahimsâ. Personne n'a jamais pu décrire Dieu en sa plénitude ; il en est de même de l'ahimsâ... Tout ce que l'on peut faire est d'essayer de comprendre les paroles et les actes de ceux que l'on considère comme les hommes de Dieu. Laissons-les imprégner notre être et efforçons-nous de les traduire en actions*[364]. Ainsi, et cette déclaration date de la fin de sa vie, un mur est dressé devant qui prétendrait à une connaissance logique et plénière de la non-violence. *Aussi indéfinissable que Dieu*[365], elle ne peut être enfermée en un quelconque « isme », serait-ce même le gandhisme, doctrine au reste inutile *car une chose essentiellement de l'âme ne peut être communiquée par l'intellect*[366]. Le seul « traité » de non-violence, à déchiffrer patiemment, c'est le prophète lui-même, son enseignement, son exemple ou, pour reprendre le mot clé, ses *expériences*, tâtonnements laborieux par lesquels il saisit et transmet un reflet de la vision qui l'emplit. Ni théoricien, ni professeur, le maître de la non-violence est un *humble chercheur qui fait des expériences sur certaines vérités éternelles*[367] et il appelle tous les hommes à partager sa route : *Ma vie est mon message.*

Sans cesse renouvelées, jamais achevées, englobant toutes les démarches humaines, profanes ou religieuses, et jusqu'aux rapports ineffables avec Dieu, ces expériences mettent en œuvre l'*ahimsâ*, en manifestent les possibilités sans en épuiser la richesse ni en atteindre la substance. Elles sont ouverture de l'homme à une réalité qui le met à l'épreuve, le transforme en le dépassant toujours ; elles font, dit le Mahâtma en une formule saisissante, *qu'en son agir nous l'entrevoyons comme nous entrevoyons le Tout-Puissant en son agir en nous et par nous*[368]. Mais paradoxalement – du moins pour nous, car on verra quels présupposés dictent cette affirmation – elles ne relèvent pas pour autant d'un simple empirisme. Gandhi entend les mener *méthodiquement*, leur donner la rigueur probante de l'*expérimentation* afin de saisir les *lois* de l'*ahimsâ et, au terme, édifier une science*. Il *sent* que la loi d'amour est une loi constitutive de l'univers comme la loi de gravitation ; il croit que la non-violence produira des merveilles analogues à celles des autres forces de la nature à condition d'être reconnue et appliquée avec la même précision scientifique que les savants ont apportée à l'étude et à l'utilisation des énergies naturelles, de la vapeur, de l'électricité. Bien sûr il *avoue franchement que si pareil à l'homme de science il fait des expériences... il ne peut même pas prétendre en être un parce qu'il ne peut donner aucune preuve évidente de l'exactitude scientifique de ses méthodes*[369], bien sûr il reconnaît qu'à la découverte de cette *force infiniment plus merveilleuse et plus subtile*, inventée à l'aube des temps par les *rishi, nos explorations n'ont pas encore été assez loin*[370]*... les méthodes lentes, laborieuses ne réussissent pas toujours*[371], mais, ajoute-t-il fièrement, *rien n'empêche de croire que l'on fera dans la science de l'âme les mêmes progrès inespérés que dans les sciences physiques*[372]. Qu'importe alors si on le traite d'utopiste, de maniaque ou de fou : c'est le sort de tous ceux qui cherchent à capter une énergie nouvelle, ce fut le sort de l'ingénieur électricien *jusqu'au jour où un travail s'accomplit grâce aux fils électriques*[373].

Élaborée en cet enchevêtrement de visées rationnelles, d'aspirations mystiques et d'agir au ras du quotidien, magnifiée de surcroît par une méditation continuelle, la non-violence, vision sans rivages, apparaît protéiforme, rebelle à l'analyse autant qu'à la synthèse. Au fil des milliers de pages – une bonne soixantaine de gros in-8° sont prévus pour l'édition intégrale des paroles et écrits de Gandhi –, essayons néanmoins de dégager quelques thèmes majeurs.

Dimensions spirituelles de la non-violence

La non-violence est un état parfait

Première remarque : le terme non-violence, transposition quelque peu mécanique du sanskrit *ahimsâ* (*himsâ*, nocivité, précédé d'un *a* privatif), expression négative d'une notion positive à large extension, et qui ne fut jamais, ne l'oublions pas, qu'*une* dénomination, parmi d'autres, de la force de l'âme, risque d'égarer. Le prendre au sens d'abstention pure et simple de brutalité physique est à la fois trop et trop peu. Trop, parce qu'en notre monde les forces matérielles jouent les unes contre les autres ; chacun, du fait qu'il a un corps, lèse et blesse autrui. En sont témoins, par-delà le végétarisme relativement facile à observer mais non exempt de violence, les précautions inouïes et vaines, prises, par exemple, par les religieux jaïns : filtrage des boissons, voile devant la bouche, balayage devant soi pour éviter d'absorber ou d'écraser par mégarde quelque insecte. Pis encore, les relations humaines, toute société, tout État comportent inexorablement une part de violence impossible à éliminer quels que soient nos efforts. *Nous ne sommes que de pauvres mortels sans défense pris dans l'immense heurt des forces de violence... L'homme ne peut vivre un seul instant sans accomplir vers l'extérieur des actes de violence, consciemment ou non. Le fait même qu'il vit, qu'il mange, boit, se meut alentour, implique nécessairement une part de violence, de destruction de vie, si infime soit-elle*[374]. Force est d'admettre que *la non-violence parfaite, tant que nous existons en un corps, n'est qu'une théorie comme le point d'Euclide ou la ligne droite*[375]. En même temps cette impossible volonté de respecter ne serait-ce que l'intégrité physique de tout être n'est que le degré le plus élémentaire, le plus grossier de la non-violence. *Le principe de l'ahimsâ est violé par toute pensée mauvaise, par toute hâte excessive, par le mensonge, la haine, le fait de souhaiter du mal à quiconque ; on le viole aussi lorsqu'on garde pour soi ce dont le monde a besoin. Et le monde a besoin même de ce que nous mangeons chaque jour*[376]. Un champ infini s'ouvre et l'on butte dans des impasses. *Énigme de la non-violence*, irritante, insoluble sous cet angle théorique.

Aussi n'est-ce pas de là que Gandhi est parti. Il semble même n'avoir perçu difficultés et antinomies que tardivement, tentant alors de les résoudre, de son mieux, en fonction de l'idée première de la force de l'âme qui, elle, avait jailli au creux de l'expérience douloureuse imposée par le racisme d'Afrique du Sud. Supporter passivement les injustices dont les Blancs accablaient les Indiens n'était que lâcheté ; il fallait combattre. Par la violence ? Il ne le pouvait ni ne le voulait : vanité lucidement reconnue d'une lutte trop inégale, dégoût instinctif devant la brutalité, et plus encore, générosité foncière d'un être pour lequel rendre le bien pour le mal est seul digne de l'homme. Il fallait trouver un substitut de la force physique, une force morale, spirituelle, capable d'établir la justice. La justice était la vérité des rapports sociaux et politiques, elle exigeait l'authenticité des hommes en présence, une emprise de la vérité telle que les adversaires, au lieu de s'entre-déchirer, chercheraient le vrai d'un commun accord et se reconnaîtraient les uns les autres au plan des institutions comme au plan des relations quotidiennes. A cette vérité nulle contrainte ne pouvait prétendre. La violence, même mise au service de la justice, n'aboutit qu'à d'autres violences, différentes peut-être mais lourdes d'injustices et de haines d'où naissent haines et violences nouvelles. Pour briser ce cercle, un seul moyen : convertir de l'intérieur, *sevrer l'adversaire de son erreur* par la force de la vérité vécue, par la sympathie, la compréhension, la patience. *Et la patience implique la souffrance personnelle. On défend la vérité non pas en faisant souffrir son adversaire mais en souffrant soi-même*[377]. Au reste n'est-il pas aussi contraire à la vérité qu'à l'amour de faire souffrir autrui puisque l'esprit est faillible, les causes humaines toujours mêlées. Qui peut prétendre à la vérité absolue ? Tandis qu'en étant seul à souffrir, le *satyâgrahi* se purifiera et purifiera sa cause. Une telle attitude, si contraire aux réactions instinctives, est liée à la pratique positive de toutes les vertus. Qui dit non-violence dit nécessairement patience, tolérance, douceur lavée de toute haine ou rancune, compassion, tendresse, abolition de la peur, énergie, audace, humilité et fierté, mais aussi pauvreté volontaire, chasteté, maîtrise des puissances affectives, subtilité du jugement alliée à la transparence et à la simplicité de l'âme, volonté de concorde, intransigeance et capacité de compromis, foi inébranlable en la grandeur de l'homme, soif de justice, espérance, sacrifice de soi silencieux et ferme... A quoi bon continuer l'inépuisable énumération ? *La non-violence est un état parfait*[378]. Gandhi lui-même s'étonne de cette exigence qu'il n'a entrevue que graduellement, par l'expérience, par la lutte, les souffrances, le dépouillement accepté, voulu. *Pour être un ahimsaiste accompli on doit atteindre la perfection absolue*[379]. Ajoutons que ces vertus ne sont pas vécues à la manière du *yogin* ou du *sannyâsin* si assoiffés de sainteté qu'ils se retirent du monde ; elles doivent être mises au service de tous. La non-violence embrasse alors tout l'univers, les êtres les plus déchus comme les plus nobles, le monde humain et le monde sub-humain, l'ami, l'ennemi, le serpent, le chien abject et la Vache symbole de la divinité. Elle s'exprime par la compassion infinie du Buddha, par l'amour du père pour son enfant comme par le détachement de l'ascète, elle impose la résistance héroïquement douce à la tyrannie mais tout autant l'obéissance respectueuse, désintéressée aux lois, le civisme le plus exigeant. Aucune activité humaine ne lui échappe, elle s'applique à tout, pénètre tout, modèle, exhausse l'homme tout entier.

Invincibilité de la non-violence

Somme et synthèse de toutes les vertus, la non-violence est la *puissance la plus active qu'il y ait au monde*[380]... ; *indestructible, supérieure à toutes les forces réunies*[381]. Ses possibilités universelles d'application sont la preuve de sa permanence et de son invincibilité. Hommes ou femmes, vieillards ou enfants, infirmes ou bien-portants et les masses comme les rishi ou les saints, tous l'ont à leur disposition, tous, malgré leurs faiblesses ou leurs imperfections, peuvent la mettre en œuvre pourvu qu'ils en acceptent, même obscurément, les implications. *Une fois que l'on a compris ces principes très simples : adhérer à la vérité et la défendre intégralement par la souffrance volontaire, n'importe qui peut s'y appliquer. Elle est aussi difficile, ou aussi facile, à pratiquer que n'importe quelle autre vertu, sans qu'il soit nécessaire d'en comprendre toute la philosophie*[382]. Le résultat dépend uniquement de la somme de souffrances et de la sainteté avec laquelle on les accueille : *Plus la souffrance est pure, plus le progrès est grand*[383]. Ce qui ne l'empêche pas, tout au contraire, d'être déjà présente dans l'acte le plus banal, le plus quotidien. Car du plus humble effort non violent jaillit nécessairement une étincelle qui touchera tôt ou tard le cœur le plus endurci. Les charbons incandescents embrasent tout à l'entour. *La fibre la plus dure est tenue de se dissoudre au feu de l'amour*[384]. *Néron devient un agneau quand il est affronté à l'amour*[385]. Hitler est sans pitié, dit-on. Qu'en sait-on ? *Lui et ses pareils... ont la même âme que moi*[386]. Sa nature purement spirituelle l'exemptant des servitudes et limites inhérentes à la force physique, son efficacité s'étend à l'infini. Plus on l'exerce, plus elle s'accroît. Nul besoin de canons, d'argent ou de repos. *Ses armes résident dans le cœur humain et poursuivent activement leur chemin, que l'on se promène tranquillement ou que l'on s'adonne à une occupation*[387], que le *satyâgrahi* soit libre ou incarcéré. Elle agit mystérieusement et sûrement étant *par nature aux trois quarts invisible et visible seulement en un quart ; mais dès qu'elle devient active, elle se propage avec une rapidité extraordinaire et le miracle éclate, la victoire est manifeste*[388]. Échecs ou retards infligent-ils un démenti, c'est que la non-violence est adultérée, non-violence de lâches ou de faibles en qui la paresse, la haine, la peur font barrage. Gandhi est toujours prêt à confesser humblement sa faiblesse, jamais celle de la non-violence, tant il se sent fort de ses expériences et, plus encore, d'une foi qui se suffit à elle-même. *Supposons que je ne puisse pas produire un seul exemple vécu d'un homme qui ait vraiment converti son adversaire, je dirais que c'est parce qu'il n'y a pas encore eu un seul homme qui ait exprimé l'ahimsâ dans sa plénitude*[389].

Plénitude éblouissante qui défie toute parole : on tente de décrire *le satyâgraha mais, de même que le soleil ne peut l'être complètement même par le serpent Çesha aux mille langues* (le serpent cosmique sur lequel repose Vishnu créateur des mondes), *le soleil du satyâgraha ne peut être décrit de façon satisfaisante*[390].

« Vérité et non-violence sont synonymes de Dieu »

Qu'est donc en sa réalité ultime cette entité insaisissable ? Les trois maîtres mots : amour, vérité, non-violence ne l'évoquent qu'à condition de briser leurs limites. Si grande est sa surabondance que chacun de ces termes, loin de « définir » ce que Gandhi entrevoit, n'est qu'une dénomination différente, mais non distincte, irisations d'un unique diamant dont les feux s'appellent et se répondent. *La non-violence... consiste en une bienveillance envers tout ce qui existe, c'est l'amour pur*[391]. *Ahimsâ signifie amour infini qui, à son tour, signifie capacité infinie de souffrance*[392]. *La Vérité* (satya) *implique amour et constance* (âgraha). *Satyâgraha sert donc comme synonyme de la force qui naît de la vérité et de l'amour ou non-violence*[393]. *La non-violence est coulée dans la vérité et vice versa... elles sont les deux faces d'une même pièce de monnaie inséparables l'une de l'autre. Qu'on la lise d'un côté ou de l'autre, l'énoncé des mots sera différent, la valeur la même*[394]. Ou, reprise plus abrupte de l'image : *Elles* (vérité et non-violence) *sont les faces d'un disque lisse et sans empreintes. Qui peut dire quel en est le revers, quel en est l'avers*[395] *?* Affirmations enivrantes où les termes sont sans trêve sursaturés de connotations – l'amour, par exemple, est quelque chose de plus que ce que désigne saint Paul –, comblés d'identités proliférantes grâce auxquelles le jeu d'équations court du plan éthique au plan métaphysique, de l'agir à l'être, de l'homme à la divinité, porté par la polyvalence des termes sanskrits qu'il faut lire sous les transpositions européennes. Non pour se perdre mais pour s'exalter en Valeur suprême en réintégrant l'Un dont elle n'est séparée que par les servitudes de la pensée et du langage, l'*ahimsâ* – qui dit *ahimsâ* dit Amour, Vérité, force de l'Amour identique à la force de l'Ame ou Vérité – pénètre et se fond en l'Ame *(Âtman)*, soi individuel et Soi cosmique, principe et dynamisme de l'Être et des êtres, ou, registre autre et identique, en la Vérité (*sat* ou *satya*), laquelle est rectitude de la pensée et de l'agir, Être et Énergie de l'Être et des êtres, essence et existence, *Âtman*, Dieu. En définitive, tout de même que *la Vérité est Dieu*, comme le répète inlassablement Gandhi, *vérité et non-violence sont synonymes de Dieu*[396]. Tantôt toutes les vertus étaient engouffrées dans la non-violence, état de perfection, maintenant, tous les concepts fondus et confondus, l'*ahimsâ* se dresse coextensive à l'Ame universelle, homologue de la divinité, en relation si étroite avec celle-ci qu'à la limite elle n'en est plus distincte en son essence.

Cette dialectique d'involution ou d'identification est familière à l'Inde, soit pour saisir et réinstaurer l'unité absolue de l'Être par-delà la fragmentarité des mots et des concepts, soit pour majorer en Valeur suprême telle ou telle des Énergies à l'œuvre dans l'univers, Agni le Feu, les Souffles, le Sacrifice, *Brahman, Âtman* et tant d'autres qui deviennent des expressions équivalentes et interchangeables de l'unique Réalité « sans nom ni forme » comme disent les *Upanishad.* Mais alors que traditionnellement ce type de spéculations conduit à des pratiques magiques ou à une coupure radicale du monde, la réflexion de Gandhi, plus éthique que métaphysique et sous-tendue de préoccupations rationnelles – *la raison est un autre nom de la non-violence*[397] –, s'oriente résolument vers une discipline de l'action. Aussi, au sein de l'Indéterminé, océan où affluent et se mêlent toutes les eaux, la non-violence garde-t-elle une spécificité pratique. Les distinctions qui s'effacent au plan de l'être sont valables et nécessaires pour nos yeux d'hommes. De sorte que – et parfois en une seule et même phrase – *Ahimsâ* et Vérité, identiques l'une à l'autre, sont aussi distinguées l'une de l'autre en tant que respectivement moyen et fin, l'emprise de la Vérité découlant alors, en l'épaisseur des choses et des consciences, de la pratique de la non-violence. Aussitôt après avoir assimilé, comme nous l'avons vu ci-dessus, Vérité et non-violence aux deux faces d'un disque lisse et sans empreintes, Gandhi ajoute : *Néanmoins la Vérité est le but, l'ahimsâ le moyen.* Et ailleurs : *C'est seulement par mon amour pour la Vérité, qui est pour moi synonyme de non-violence, par lui et par lui seul, que je peux voir et atteindre la Vérité*[398]*... Quand on veut trouver la Vérité en tant que Dieu, le seul et inéluctable moyen est l'amour, c'est-à-dire la non-violence, et puisque je crois qu'en définitive les moyens et la fin sont des termes convertibles, je n'hésiterai pas à dire que Dieu est amour*[399]. Ainsi, de Dieu, Être et Loi de l'univers – *Dieu n'est pas une personne, Dieu* *et ses lois ne sont pas des choses ou des faits différents*[400] –, la non-violence signifie particulièrement l'aspect dynamique. Comme la *Çakti* est distincte de *Çiva* et une avec lui, la non-violence-amour-vérité est l'Énergie de la divinité, donc *la force la plus puissante qu'il y ait au monde*, la trame de toutes les forces physiques, psychiques, spirituelles, cosmiques. *C'est l'amour, autrement dit l'ahimsâ qui soutient cette planète qui est nôtre*[401].

Aux yeux éblouis du Mahâtma tout concourt, dans cette perspective, à établir de plus en plus solidement la réalité cosmico-divine de l'*ahimsâ*, force de l'Ame, présente et active en chaque homme. Les affirmations s'accumulent. A l'Être-Vérité-Amour s'épandant dans l'univers, vie et énergie cosmique agissant de l'intérieur sans contrainte, répond la non-violence de l'homme, sa vérité, son amour, force vierge de toute contrainte. Par elle, en elle, le *satyâgrahi* épouse la bonté universelle, s'y conforme en tous ses actes, refusant au premier chef d'attenter à la vie mais aussi refusant de détourner à son profit, donc aux dépens des êtres, la moindre parcelle de cette force bénéfique, s'arrachant à l'égoïsme, à l'agressivité dans l'identité reconnue de son soi et du Soi cosmique. Et parce qu'il laisse couler en lui cette énergie universelle et s'en fait à son plan l'instrument, il dispose, dans et par son amour d'homme, de cette force souveraine. *Celui qui s'abandonne à Dieu qui est Vérité, devient le canal vivant de cette force de la Vérité qui est la pure expression de l'Ame*[402]. Pratiquer l'*ahimsâ, c'est avoir la puissance de la divinité en nous. Nous devenons semblables à Dieu dans la mesure où nous réalisons la non-violence*[403]. Autre affirmation corollaire, lourde de conséquences pratiques : l'échec ne peut être porté au débit de la non-violence. Il est uniquement la manifestation de la faiblesse humaine, la preuve éclatante que l'*ahimsâ* n'est pas correctement vécue et agie. Les énergies cosmiques et leurs lois subsistent hors et au-delà de l'ignorance et de la maladresse humaines. *Les nombreux échecs que nous constatons ne viennent pas de la loi mais de ceux qui l'appliquent*[404]. Là où est la plénitude de l'*ahimsâ*, là est sa victoire. Ce qui fonde inébranlablement l'espérance du *satyâgrahi* mais lui impose aussi d'aller jusqu'au bout de son effort, devrait-il en mourir, dans la certitude que la force d'âme, de vérité, d'amour, donc de conversion de l'adversaire, agit et s'étend dans et par-delà la vie et la mort. Ne pas croire par-delà la mort, *aveuglément*, c'est ne pas faire en sa totalité l'expérience, c'est laisser subsister, plus, c'est dresser devant la force d'amour, de vérité, un obstacle, c'est s'engager soi-même sur la voie de la défaite en ouvrant une brèche dans l'*ahimsâ*. D'où la nécessité de la foi, foi en Dieu, foi en la non-violence, identiques l'une à l'autre : *Exactement comme nous croyons en Dieu par la foi, nous devons croire en la non-violence par la foi*[405]. Au double sens de la proposition, *qui croit en l'ahimsâ croit en un Dieu vivant*[406]. A la fin de sa vie Gandhi affirmera même que ni un communiste ni un athée ne peuvent être de vrais *satyâgrahi* et pas davantage un bouddhiste ou un jaïn, ces représentants traditionnels de l'*ahimsâ*, s'ils se considèrent comme des athées[407]. Cependant ceux qui ne croient pas ainsi en la non-violence, ceux qui, tout en la considérant comme une tactique, en acceptent les moyens en leur pureté, ouvrent eux aussi, imparfaitement mais réellement, la voie à sa force intrinsèque puisque moyens et fin ne sont pas distincts mais identiques, sont, amour-vérité-non-violence, l'énergie non violente en son dynamisme humano-cosmico-divin. *Au cœur de la non-violence se trouve une force qui agit par elle-même*[408].

Aux sceptiques, aux hésitants, Gandhi proposait des

preuves tirées de « *l'expérience* ». Ne voyons-nous pas que si la somme des activités du monde était destructrice, il aurait pris fin depuis longtemps[409] ? *L'espèce humaine se serait éteinte comme ont disparu tant d'autres espèces inférieures* qui ne connaissaient pas la loi de l'*ahimsâ*[410]. *Qu'il y ait encore tant d'hommes vivants dans le monde prouve que celui-ci est fondé non sur la force des armes mais sur la force de la vérité et de l'amour*[411]. De même c'est par l'*ahimsâ* que s'accomplit le progrès de l'humanité en ses étapes successives. Émergence hors du cannibalisme, passage de la vie de chasseur à celle de l'agriculteur, établissement de la communauté familiale et de la communauté nationale, autant de signes probants de l'extension de l'*ahimsâ*, de la diminution de la *himsâ* : *Toute société doit sa cohésion à la non-violence tout comme la terre est maintenue en son état par la loi de gravitation*[412]. *L'univers disparaîtrait sans l'existence de cette force*[413]. Et n'est-ce pas parce que l'*ahimsâ* est la forme dynamique d'une divinité conçue comme un *Deus sive natura – la Nature est Dieu et Dieu est Amour*[414] – que Gandhi, évoquant la vapeur, l'électricité ou la gravitation universelle, rêve de découvrir les lois qui la régissent, d'édifier une science ? Le cosmos est un tissu sans couture, monde matériel et monde vivant sont maintenus par des énergies qui se répondent : *De même qu'il y a une force de cohésion au sein de la matière aveugle, ainsi il doit en exister une entre les êtres animés et le nom de cette force de cohésion parmi les êtres animés, c'est l'Amour*[415].

Plus les années passaient, plus les méditations du Mahâtma s'étendaient, plus il était sûr de détenir le secret de la puissance capable de juguler la violence et la guerre, d'établir le règne de la justice, de la vérité. Plus aussi ses expériences lui apparaissaient nécessaires puisque c'étaient elles qui, nourrissant ses méditations, avaient dilaté à l'infini la volonté initiale de rendre le bien pour le mal et son corollaire, l'intuition de la force de l'amour. A la faveur de ce mouvement de va-et-vient, ce qui était postulé sur le plan métaphysique devenait valable sur le plan humain et réciproquement. Si la réalité ne répondait pas à l'idéal, c'est que la réalité n'avait pas été soumise à l'idéal, qu'il y avait un défaut dans l'application de la technique. La fluidité de l'expression masquait les difficultés d'autant plus aisément que l'enseignement, donné à bâtons rompus, s'étirait sur plus de quarante années, sans autre préoccupation que d'être fidèle à la vérité présente. L'appel fait tour à tour à la foi, à l'expérience, ne laissait subsister aucune impasse ; il n'y avait pas, il ne pouvait pas y avoir d'impasse. L'unique problème était d'*apprendre à se servir de cette force parmi tout ce qui vit*[416]

Technique de la non-violence

Autant, lorsqu'il médite sur la nature de l'*ahimsâ*, Gandhi se laisse emporter par l'élan religieux qui l'anime dans la conviction que *sans intelligence réelle de l'idéal, on ne peut espérer l'atteindre*[417], autant il se veut réaliste et concret dans les applications. La non-violence, telle qu'il l'a menée, se présente alors, on l'a vu, en deux volets complémentaires : non-violence constructive, éducation, formation de l'individu et des masses ; non-violence agressive, combat économique et politique. La première, la non-violence constructive, est à la deuxième, la non-violence politique, ce que la préparation militaire est à la guerre. Le soldat s'entraîne à combattre en endurcissant son corps et par le maniement des armes, le non-violent se prépare au *satyâgraha* politique par l'exercice quotidien de la force d'âme, des vertus qu'elle exige. Vue sous l'angle des réalisations, l'une est, comme le dit Romain Rolland, l'« affirmation de l'ordre nouveau », l'autre la « destruction de l'ordre établi[418] ». Quelle qu'en soit la forme, la non-violence ne s'improvise pas, *elle doit être apprise comme la défense violente*[419].

La non-violence constructive

Nulle part la grandeur d'âme de Gandhi n'éclate avec une telle beauté. Il faut lire les *Lettres à l'âshram, la Loi d'amour, l'Épée du sacrifice de soi, la Loi de la souffrance, la Peur de la mort* ou quelque autre des innombrables articles par lesquels il essaye d'entraîner tout un peuple sur les hauteurs où il vit, de l'embraser à son feu intérieur. Jamais chef n'a eu l'audace de tant demander car ce qu'il veut c'est faire lever une nation de saints. La voie est ouverte avec autorité et ferveur mais dans le respect des initiatives personnelles. Qu'à la lumière de sa conscience chacun décide des actes quotidiens propres à susciter en lui le courage et l'amour, à le rendre non violent *en pensées, en paroles et en actions*. Comme grandes normes et *rempart de la force*[420], les vœux de vérité, d'amour, de *brahmacarya* (chasteté et contrôle des sens), de non-possession, de non-violence, d'absence de peur (*a-bhaya* : plus que la non-peur, le courage de celui qui a dépassé la peur), avec leurs corollaires : acceptation joyeuse de la souffrance, sacrifice, silence intérieur. L'indispensable foi en Dieu est affermie par la prière constante, *cri passionné d'une âme affamée d'union avec le divin*[421] et dure bataille qu'il faut mener *par-*

delà les ténèbres, les attentes déçues et pire[422] mais sans laquelle *l'homme qui se veut au service de tous fera son malheur et le malheur du monde*[423]. Aussi lorsqu'en 1946 Gandhi s'efforce de former des « brigades de paix », exige-t-il que les volontaires invoquent sans cesse le nom de Râma. *Beaucoup, par paresse d'esprit ou parce qu'ils ont pris de mauvaises habitudes, croient que Dieu existe et qu'Il nous aidera sans que nous le Lui demandions. Pourquoi alors répéter son nom ? Il est vrai que Dieu existe, Il ne dépend pas de notre croyance. Mais « réaliser » Dieu est infiniment plus qu'une simple croyance. On ne peut y parvenir que par une constante application. Cela est vrai de toutes sciences. Combien plus de la science des sciences*[424]. Qui veut être non violent se purifiera et se fortifiera par le jeûne car *entrepris pour arriver à la suprématie de l'esprit sur la chair, le jeûne est un des plus puissants facteurs de notre évolution*[425]*... c'est l'aspiration de l'âme à s'immerger dans l'essence divine*[426]. Une introspection rigoureuse libérera graduellement de tout vestige de colère, mauvaise volonté, rancune, injustice, bref de tout ce que l'on poursuit en autrui. *Combat spirituel intense* et affaire d'entraînement patient et énergique pour lequel il n'y a pas de meilleure école pratique que l'action sociale. Vivre avec les plus pauvres, comme les plus pauvres, en partageant leurs souffrances, leurs humiliations, en se faisant leurs serviteurs, en les aidant à travailler, à recouvrer le sens de leur dignité, en remédiant notamment aux manques que leur reprochent, à juste titre, leurs adversaires. Car le *satyâgraha*, parce qu'il est emprise de la vérité, oblige à reconnaître avec un respect égal la légitimité des prétentions et des griefs des parties en présence. Veut-on des exemples ? L'Indien a droit à la liberté politique et les Anglais ont droit à la sécurité de leurs personnes et de leurs biens. Mais le droit du premier est fonction de sa capacité à l'exercer. Puisqu'il s'est laissé *émasculer* par tant d'années de soumission, qu'il a perdu le goût du travail libre, le sens de la vie civique et de ses responsabilités, il faut qu'il se *virilise*, qu'il se forme à la vie politique, qu'il fonde des institutions indépendantes, écoles, tribunaux, qu'il crée les conditions d'une économie autonome (et là s'insèrent le rouet, l'artisanat, le *swadeshi*). Que l'intouchable cesse de se ravaler au-dessous de la condition humaine en mangeant des charognes, en vivant dans une saleté immonde, tremblant de peur. Que tous apprennent à la fois à obéir aux lois justes, non par crainte des sanctions mais en esprit de vérité, et à rejeter les lois injustes sans recourir à la violence, quoi qu'il en coûte. Si l'Indien ne veut pas être traité en représentant d'une race inférieure, il doit démontrer, par sa conduite, qu'il appartient à une race égale, pour le moins, à celle de ses oppresseurs. Dès aujourd'hui, sans attendre que le pouvoir soit renversé, il ébauchera, en lui et autour de lui – c'est tout un –, l'ordre parfait nouveau. Apaiser les discordes, se jeter à corps perdu entre ceux qui se battent, est un autre champ ouvert à la non-violence constructive. Les bagarres hindoues-musulmanes n'offrent que trop d'occasions de s'entraîner ! *Nous devons apprendre à affronter le danger et la mort, mortifier la chair et acquérir la capacité d'endurer toutes sortes de tribulations. Celui qui tremble ou prend la fuite quand il voit deux personnes se battre, n'est pas un non-violent mais un lâche. Un non-violent donnera sa vie en empêchant ces querelles*[427]. Programme d'une exigence impitoyable : *Il est clair que l'on ne peut agir ainsi que si l'on est saturé d'amour. Seul celui qui ne fait qu'un avec son adversaire peut recevoir les coups comme autant de fleurs... Cela exige la force d'âme... du type le plus haut*[428]. Enfin, règle d'or, résumant les conseils épars : lorsqu'on est dans le doute ou embarrassé de soi-même, *se rappeler le visage du plus pauvre et du plus misérable des hommes et se demander si ce que l'on se propose peut être de quelque utilité pour lui*[429]. Voilà le travail constructif, *révolution morale* ; il organisera, armera le pays, lui donnera *les arrhes du swarâj, de l'indépendance éthico-politique dont ne jouit aucun peuple d'Occident faute de pratiquer la non-violence*[430]. Mais sans ce travail, *le seul auquel les masses puissent participer directement, il n'y a pas de progrès pour les millions d'Indiens*[431]. Et il n'y a pas de non-violence agressive authentique.

La non-violence agressive

Le terrain ainsi *défoncé, fumé, irrigué*[432], l'âme est prête pour la non-violence de combat. Car, on ne le soulignera jamais assez, c'est à un combat, et du type le plus actif, que Gandhi appelle. En dépit des flottements de vocabulaire, le *satyâgraha* est radicalement distinct de la résistance passive et du pacifisme qui, ne renonçant pas à la vengeance, ou bien se réservent de recourir un jour ou l'autre à la force et à la violence physiques et même en préparent sournoisement l'irruption, ou bien sont condamnés à l'abandon. Contre l'hypocrisie, la lâcheté de ces attitudes, Gandhi s'élève avec véhémence : *Si la violence est dans nos cœurs, il vaut mieux être violent que de se couvrir du manteau de la non-violence pour dissimuler notre impuissance*[433]. *Là où il n'y a le choix qu'entre la lâcheté et la violence, je conseillerais la violence*[434]. Et telle est l'exigence de justice et de vérité que *si la capacité pour la défense non violente fait défaut, on ne doit pas hésiter à employer des moyens violents*[435].

Déclarations abruptes qui surprendraient dans la bouche de Gandhi si leur signification dernière n'était pas précisément le refus absolu du dilemme : lâcheté *ou* violence et l'affirmation de la force supérieure de la non-violence, efficace par sa nature et sa technique.

La tactique des combats non violents menés par Gandhi est constante et relativement simple ; les armes : la désobéissance civile et la non-coopération. Encore faut-il en préciser le caractère et les modalités. Étape préliminaire et obligatoire, le *satyâgrahi*, démontrant ainsi sa volonté de conciliation, met en œuvre jusqu'à épuisement les moyens légaux, pétitions, articles dans la presse, mouvements d'opinions, démarches auprès des autorités constituées. Si ces moyens de pression échouent, si le *satyâgrahi* est certain en son âme et conscience qu'une loi, ou l'ensemble du pouvoir, est radicalement injuste, que se soumettre serait pactiser avec le mal et forfaire à l'honneur et à la dignité humaine, alors, et alors seulement, il entame l'épreuve de force. Il cesse de collaborer avec le pouvoir mais en acceptant *joyeusement* de souffrir en sa personne et ses biens les conséquences de cette rupture. Ce qui, aux yeux de Gandhi, le différencie radicalement, tant sur le plan civique que sur le plan moral, de celui qui viole la loi subrepticement et tente de se soustraire aux conséquences de son acte. La désobéissance à la loi est désormais *civile* (il serait plus juste de dire « civique ») et non *criminelle*. La rupture se concrétise soit par la non-coopération qui est non-usage des institutions, des organismes ou des biens que le pouvoir met à la libre disposition de chaque citoyen (boycott par exemple des écoles, des tribunaux, des produits importés, refus de la prestation de certains services publics, démission des charges officielles ou politiques), soit par la désobéissance civile, infraction directe et positive aux lois ou aux obligations imposées sous peine de sanctions, ainsi le refus du service militaire, le refus des impôts (l'impôt sur le sel) et des redevances. Par ces démarches les *satyâgrahi* se désolidarisent personnellement et collectivement de l'injustice, la combattent et font échec au pouvoir sur des points divers, à des degrés variables.

La désobéissance civile, que Gandhi considère comme une *grève politique*, est une rébellion ; la non-coopération est une *sanction économique*. Alors que la première s'attaque directement au pouvoir pour l'user et le ruiner, la deuxième, grève économique, paralyse et sape les ressources de l'État et le met dans l'incapacité d'exercer son rôle de gardien du bien général. Évidemment les répercussions restent fluentes et tandis que la désobéissance civile peut avoir des répercussions économiques, la non-coopération porte également, dans certains cas, atteinte au prestige et à l'autorité du pouvoir. Notons que Gandhi prend soin de spécifier que la désobéissance civile ne doit pas enfreindre des lois morales (par exemple voler). Particularité notable du système, Gandhi n'a jamais préconisé la grève du travail en tant que telle. Sauf en quelques circonstances, ainsi en 1917 à Ahmedabad, il a au contraire continuellement pris ses distances à l'égard des mouvements ouvriers, pourtant si nombreux autour de lui, et des syndicats dont l'esprit ne lui paraissait pas compatible avec l'idéal du *satyâgraha*. En outre, lorsque la non-coopération se traduit par un arrêt de travail, le non-violent authentique ne doit jamais rester oisif mais s'adonner immédiatement au rouet ou à toute autre activité constructive. Règle suprême, tout recours à la violence, toute coercition physique ou morale sur les opposants ou les hésitants, toute haine ou rancune sont exclus et le non-violent doit agir de telle sorte que non-coopération et désobéissance civile comportent le minimum de danger pour la paix publique, le maximum de sacrifice pour ceux qui participent au mouvement. Il y a toujours obligation impérieuse de souffrir les conséquences légales et autres de ses actes et d'aimer l'adversaire d'un amour brûlant. Selon l'esprit du *satyâgraha*, c'est la *pression morale de la souffrance*[436] qui doit conduire au triomphe. *Je veux vous vaincre uniquement par ma souffrance*[437].

A cette panoplie s'ajoute, en dernier recours, l'abstention totale de nourriture, le jeûne public (distinct du jeûne pénitentiel ou purificatoire qui ressortit à la non-violence constructive). Cette arme traditionnelle du créancier indien contre son débiteur (d'ailleurs interdite par les lois indiennes) est, comme l'*ahimsâ* en son ensemble, transposée par Gandhi – qu'inspira sans doute l'exemple du lord-maire de Cork – du plan personnel au plan politique et signifie une rupture, radicale en cas de jeûne à mort, de tous les liens humains sauf le lien de l'amour. L'injustice, l'endurcissement des cœurs sont tels que le *satyâgrahi* estime devoir briser totalement avec la société tout en se dressant comme la conscience, le remords de celle-ci. Son jeûne serait ainsi une ultime expression de vérité et d'amour.

Des règles précises que Gandhi, au cours de sa vie, par fidélité à son idéal, a rendues de plus en plus strictes, président à l'emploi de ces moyens de combat. La désobéissance civile qui, pour rester non violente, *demande une préparation préliminaire bien plus grande et beaucoup plus d'empire sur soi* que la non-coopération[438], est réservée à une élite capable de manifester les vertus de la non-violence car *tout le monde peut non-coopérer mais il en est bien peu qui soient capables de désobéissance civile*[439]. *La désobéissance civile suppose une habitude d'obéissance volontaire aux lois sans crainte de leurs sanctions. Elle ne peut être mise en pratique qu'en dernier ressort et par quelques-uns, au début au moins*[440]. Restrictions qui n'affaiblissent pas la non-violence puisque le succès dépend toujours de la qualité, de la pureté de la force intérieure accumulée, non du nombre. A la limite, Gandhi en est sûr, un seul non-violent authentique suffirait à remporter la victoire puisqu'il aurait en lui la plénitude de l'*ahimsâ*. Aussi, sauf en Afrique du Sud où il tenait plus aisément en main une minorité restreinte et sauf lors de la Marche du sel où il semble avoir joué son va-tout, voyons-nous Gandhi reculer devant la désobéissance civile de masse, même circonscrite à un district : elle était trop exposée à des explosions de violence. Dès que la désobéissance civile débouche dans la violence, il la suspend et, après 1933, il ne l'admit plus que sous forme individuelle (1942 n'entre pas en ligne de compte puisque Gandhi n'a pas personnellement ouvert la campagne). Pour mobiliser les masses il a préféré recourir à la non-coopération, plus passive, moins menacée, lui semblait-il, de dégénérer en violence, mais cependant *forme d'action directe*[441]... *état intensément actif, plus actif que la résistance physique ou la violence*[442]. Le jeûne de pression lui paraissait d'un maniement encore plus délicat. C'était une arme éminemment sujette à s'émousser, qui ne pouvait être efficace que si le « jeûneur », personnalité connue, jouissant déjà d'une large audience politique ou morale, était uni à ses adversaires par de solides liens d'amour réciproque. C'était aussi, Gandhi ne l'ignorait pas, un moyen lourd de violence : la fiancée qui jeûne devant la porte d'un fiancé récalcitrant est une « tigresse », dit Lanza del Vasto, et le Mahâtma conseille, lorsqu'on a quelque doute sur la pureté des intentions, de *refuser résolument de céder même si le refus entraîne la mort de celui qui jeûne*[443]. En définitive le jeûne public est l'apanage du prophète, un temps de révélation divine et la source de la force nécessaire pour guider et maîtriser les hommes. Lorsque son propre exemple entraîna, en série, des jeûnes politiques anarchiques, Gandhi les interdit fermement. *Ceux-là seuls ont le privilège de jeûner pour la cause de la vérité qui ont travaillé pour elle, qui ont en eux l'amour de leurs adversaires, qui sont libérés de toutes passions bestiales et ont abandonné toutes possessions et ambitions terrestres*[444].

Enfin la discipline la plus stricte est imposée aux *satyâgrahi*. En théorie, Dieu étant présent dans le cœur de chaque homme et lui dictant sa conduite, le non-violent ne devrait obéir qu'à sa conscience. Mais ce principe n'est valable que pour le non-violent confirmé. Dans la pratique, le *satyâgrahi* doit la même obéissance muette et aveugle que le soldat, non seulement parce qu'il n'y a pas de victoire pour une armée sans général, mais en raison des composantes complexes de l'*ahimsâ* authentique. Peser le degré d'injustice d'une loi, reconnaître en quel cas il est contraire à la religion et à l'honneur de se soumettre, n'est pas à la portée de tous : les illusions sont envahissantes et Gandhi très méfiant à l'égard des initiatives de ceux qui s'érigent en juges. La lumière ne peut jaillir que dans un cœur parfaitement désintéressé, parfaitement purifié par un long exercice des vertus, des vœux. Les difficultés s'amplifient encore lorsque la lutte est engagée. Il est impossible, en effet, de prévoir les modalités concrètes de l'action, leur opportunité. Pour le Mahâtma (et ceci éclaire singulièrement sa vie) un combat dont le plan serait fixé à l'avance n'est pas un combat selon la vérité. Dans un combat selon la vérité c'est Dieu lui-même qui trace le plan de campagne et conduit les batailles[445], c'est Dieu qui accorde au général de l'armée non violente, soumis jour après jour aux *ordres du Soi intérieur*[446], l'imagination nécessaire pour trouver les actes conformes à l'amour, à la vérité et le jugement droit qui dicte selon l'heure l'intransigeance ou le compromis. D'autre part, lieutenants et troupes agissant souvent moins par conviction que par tactique, l'obéissance est un complément ou un substitut de la foi : *J'exige une obéissance totale aux directives non violentes. Tant que celles-ci sont maintenues, c'est comme si c'était une foi, car aussi longtemps qu'elles tiennent bon, c'est aussi bien que la foi. Ma foi me tient pour la vie ; vous, elle vous tient tant que vous vous y tenez*[447]. De tous côtés, Gandhi le sait, la violence peut faire irruption. Risque grave, elle peut jaillir de la non-violence elle-même dont les moyens sont non violents non point intrinsèquement, nous le verrons, mais seulement par la qualité d'âme de celui qui les emploie. D'où la précision minutieuse avec laquelle il élabore des mesures pour canaliser les foules, les contraindre à manifester, à agir avec ordre et dignité : dispositions sur les rassemblements, encadrement par des volontaires spécialement formés, durée et temps des acclamations, musique, chants collectifs, bref tout ce qui peut empêcher l'incident de naître et de dégénérer. N'est-ce pas le seul espoir que les *satyâgrahi* ne soient pas débordés par les violences spontanées et irrépressibles ? *La non-coopération exige une organisation totale. Avant tout que l'ordre soit observé*[448].

Non-violence et guerre internationale

Cette technique de non-coopération et de désobéissance civile a été conçue et vécue par Gandhi uniquement en fonction de la situation concrète dans laquelle il se trouvait, c'est-à-dire dans le cadre des rapports de gouvernés à gouvernants. Elle a été façonnée dans et pour cette perspective. Et là s'arrête l'expérience de Gandhi mais non son enseignement. Que serait l'*ahimsâ* si elle n'était pas valable contre une invasion étrangère ? Longtemps Gandhi, interrogé sur ce que serait alors son attitude, s'est dérobé. Il n'avait pas maîtrisé la technique de la non-violence en sa totalité ; l'expérience était encore en cours ; faute d'être en présence des faits il n'avait pas, dirions-nous, la grâce nécessaire. D'ailleurs personne ne viendrait combattre un homme ou un pays parfaitement non violent ; les Japonais n'envahiraient pas l'Inde si les Anglais se retiraient ; une résistance non armée organisée contre des envahisseurs était en définitive plus facile que l'*ahimsâ* face à un bandit qui surgit dans votre maison. Plus encore, ce genre de recherches était contraire à l'esprit de l'*ahimsâ* : *Un homme ou une société non violente ne prévoient pas, ne se prémunissent pas, contre des attaques extérieures*[449].

Pourtant *si le pire arrive, deux voies s'ouvrent à la non-violence.* La première serait *d'abandonner tous ses biens et de ne pas coopérer avec l'agresseur. Ainsi en supposant qu'une réplique moderne de Néron s'abatte sur l'Inde, les représentants de l'État le laisseront entrer mais lui signifieront qu'il n'obtiendra aucune collaboration du peuple. Celui-ci préférera la mort à la soumission*[450]. Gandhi envisage tantôt que les résistants abandonnent immédiatement tous leurs biens aux envahisseurs, évacuent leurs maisons et, le cas échéant, se laissent tuer, hommes, femmes et enfants, tantôt qu'ils refusent obstinément et leur aide et les ressources de première nécessité, vivres, eau, etc., et meurent plutôt que de céder[451]. Ils ne devraient cependant ni empoisonner les puits, ni brûler les récoltes et si un ennemi égaré et mourant de soif se présentait, ils l'assisteraient, car *c'est un acte de courage de risquer que l'ennemi se nourrisse à nos dépens et nous pourchasse ; le sacrifice de laisser quelque chose à l'ennemi purifie et ennoblit*[452]. La deuxième voie *serait une résistance non violente* (menée) *par ceux qui auraient été exercés aux méthodes non violentes. Ils s'offriraient sans armes aux canons des agresseurs... Le spectacle inattendu de rangées et de rangées sans fin d'hommes et de femmes mourant purement et simplement plutôt que de se rendre à la volonté de l'agresseur doit finalement l'attendrir lui et sa soldatesque*[453]. Et Gandhi énumère les avantages de cette attitude : *Il n'y aura probablement pas de plus grandes pertes en hommes que si l'on résiste par la force, il n'y aura aucune dépense en armes et en fortifications. L'entraînement non violent que les gens auront reçu ajoutera de façon inconcevable à la grandeur morale. Ces hommes et ces femmes auront fait preuve d'un courage personnel très supérieur à celui qu'on déploie les armes à la main*[454]. Enfin, certitude suprême, *dans la résistance non violente la défaite n'existe pas*[455], alors que *mourir en tuant, c'est par essence mourir vaincu*[456].

Dans l'une et l'autre voie, *la croyance sous-jacente à cette résistance est que l'agresseur sera, le moment venu, mentalement et même physiquement fatigué de tuer les résistants non violents. Il se mettra à chercher ce qu'est cette force nouvelle* (pour lui)... *et renoncera à continuer le massacre*[457]. *Herr Hitler ne peut qu'être déconcerté si l'Angleterre adopte ce procédé nouveau... Au premier choc il s'apercevra que tout son formidable armement a été mis hors de combat*[458]. Les résistants seraient-ils tués jusqu'au dernier, *ils auront remporté la victoire dans la mesure même où ils auront préféré l'extermination à la soumission*[459]. Au reste que craindraient-ils ? *Un satyâgrahi est mort à son corps avant même que l'ennemi ne veuille le tuer ; il est libre de tout attachement au corps, il ne vit que dans la victoire de l'âme*[460].

Ces conseils, présentés tour à tour – en termes analogues – aux Éthiopiens, aux Chinois, aux Tchécoslovaques, aux Juifs exterminés comme aux Anglais menacés d'un débarquement des troupes hitlériennes, expriment le fond de la pensée de Gandhi, ils sont dans le droit-fil de sa conception de la non-violence. Telle est bien pour lui *l'arme vraiment efficace de la non-coopération non violente*[461]. Et il se dit *prêt à courir le risque de sacrifier plusieurs millions de vies humaines* en estimant qu'*encore ce ne serait pas payer cher*[462]. *Ma connaissance instinctive de mes moyens d'action... ne m'a jamais trahi*[463]. *Si nous avions un nombre suffisant de soldats non violents nous serions sûrs de triompher même dans ce champ nouveau*[464]. Si les chefs du Congrès se ralliaient vraiment à la non-violence, s'ils croyaient en l'*ahimsâ, si les grandes villes se convertissaient, l'Inde tout entière, y compris ses maîtres, serait convertie et ce serait la paix en Inde et la paix dans le monde*[465].

Non-violence dans sa nudité. Cri du visionnaire emporté par sa vision mais qui retombe en un aveu empreint de tristesse : *Pour l'heure cela doit rester un rêve*. La non-violence ne peut s'élever sur ces hauteurs qu'à condition d'être une *foi*, une *passion* et le pays parfaitement entraîné. Le Mahâtma avait en lui la force d'âme nécessaire, les autres étaient d'une pâte plus fragile. Et réaliste enfin devant l'imminence de l'invasion japonaise, il s'effaça devant les partisans de la résistance armée, limitant son action à une éventuelle désobéissance dirigée non contre les envahisseurs mais contre les maîtres de l'Inde.

RELIGION DE LA NON-VIOLENCE

Faut-il conclure ? Foi totale ou aveu discret d'impuissance ? Conscience politique ou utopisme ? Haute intuition ou méconnaissance des dimensions réelles de l'homme, des conditions et des contraintes de la vie terrestre ? Toute réponse tranchée serait fausse. Aux yeux de Gandhi la non-violence est toujours prise dans des contradictions et cependant toujours située au-delà.

Dans la vision globale qu'il en a, elle est en soi, en toutes ses modalités et en toutes circonstances, force de l'âme, énergie morale et spirituelle, puissance concrètement active. En elle, les lignes de force, réelles, possibles, espérées, rêvées, se conjuguent. Parce qu'elle porte au-delà de la recherche des biens matériels, de la satisfaction des appétits, qu'elle impose le détachement des richesses, des jouissances et pardessus tout le sacrifice de soi-même, parce que, à tout le moins, elle établit une hiérarchie des valeurs et des fins pour un sens spirituel de la vie, elle rétrécit le champ sur lequel l'homme se sent menacé et exténue ainsi ce qui dans l'agressivité instinctive est source et venin des conflits. En même temps elle prévient, elle s'efforce de prévenir ces mêmes conflits en instaurant des structures justes, agissant donc en génératrice de paix. Au stade de l'affrontement elle s'imposera à l'adversaire, le tiendra en respect ; la brute déchaînée sera subjuguée comme la bête féroce par le dompteur, l'écœurement de frapper celui qui s'offre aux coups se substituera à l'ivresse de la chasse et du combat. De sang-froid, croit Gandhi, qui pourrait être longtemps un tortionnaire ? Si l'on refuse de se plier aux volontés du tyran, ne se lassera-t-il pas de lui-même ? Car, pour le grand cœur du Mahâtma, la souffrance douce, humble, pose nécessairement une question à celui qui l'inflige, crée en lui, par choc en retour, une souffrance intolérable, réveille ses nobles instincts qui n'étaient qu'assoupis, transmue la haine, que plus rien n'alimente, en un amour où s'apaise toute inimitié. Même la violence irresponsable sans nom et sans visage ne l'arrête pas. Bombardements massifs, bombe atomique ? Il y faut toujours la main d'un homme, il y a toujours un cœur à atteindre. Il suffit de mettre le prix : être prêt à tout croire, tout espérer, tout souffrir, tout pardonner sans le moindre retour sur soi, prêt aussi à transiger, à céder tout ce qui est exigé, tout, sauf son honneur, son âme. Or celle-ci est toujours sauvée, victorieuse dans la mort. Le bref temps d'une vie humaine n'est rien. *Sachant que l'âme survit au corps, il* (le *satyâgrahi*) *n'a nulle impatience de voir le triomphe de la vérité dans le présent corps*[466]. De renaissances en renaissances, d'âges en âges, l'*ahimsâ* s'accumulera, son potentiel s'intensifiera. Invincibilité de la non-violence, invincibilité de l'Énergie divine, de l'Amour ! N'est-ce pas d'ailleurs ce qu'enseignent les traditions indiennes ? Celui qui ne fait aucun mal aux êtres animés, qui ne les soumet à aucune contrainte, n'étant l'ennemi de personne, n'a plus d'ennemi. A sa sympathie répond la sympathie universelle ; dangers et peurs sont abolis. Les craintives gazelles et les bêtes fauves, ours et lions en tête, viennent lécher les pieds du *yogin* enraciné dans l'*ahimsâ*[467]. En sa présence, cheval et buffle, souris et chat, serpent et mangouste, ces ennemis-nés, renoncent d'un commun accord à leur inimitié ; les oiseaux, affranchis de toute crainte, emplissent à l'envi les airs de leurs chants mélodieux. Scènes paradisiaques auxquelles répondent en Occident le Loup de Gubbio, la Prédication de saint François aux oiseaux, « le lion et la brebis, la panthère et le chevreau paîtront côte à côte et le nourrisson s'ébattra sur le trou de l'aspic[468] ». C'est l'Éden retrouvé, le *Râm Râj*, Royaume de Dieu sur la terre !

En contrepoint, du moins dans ce qui a été l'expérience vécue de Gandhi, un solide réalisme politique. Déjà la non-violence constructive en porte la marque sous des apparences purement morales ou sociales. Le rouet désuet, le *khâdi* incompétitif mais *livrée de l'indépendance nationale*, toutes les activités artisanales ou éducatives, voire d'hygiène élémentaire, étaient ferment politique. Aux millions de pauvres, d'analphabètes, elles parlaient un langage directement accessible, elles les liaient entre eux et au Congrès par des tâches communes pour une cause commune. Cette action, à la mesure, et au-delà, de la volonté de sacrifice des plus généreux, et cependant concrète, immédiate, quotidienne, nourrissait l'enthousiasme ; elle exaltait et disciplinait les forces vives quand les mouvements révolutionnaires n'étaient pas mûrs. *En enseignant au faible l'action directe... je lui donne le sentiment d'être fort et capable de défier la force physique*[469].

Réalisme politique qui s'accuse encore plus fermement au cours du *satyâgraha* agressif. Dans son livre *Gandhi contre Machiavel* Suzanne Panter-Brick, analysant avec perspicacité les conditions concrètes optimales pour la réussite de la technique non violente, a établi une équation où l'efficacité est fonction du nombre des participants, du point d'application (loi précise et vulnérable), de la qualité du plan proposé ainsi que de la discipline consentie. Elle a tenté de démontrer que l'échec de la campagne de 1919 était dû au fait que la loi Rowlatt n'étant qu'une loi préventive, l'infraction par la désobéissance civile était en porte à faux, tandis que la campagne de 1942 a manqué et d'un plan solide et d'un chef pour la conduire. En 1931 l'équation aurait été presque parfaite et l'Inde aux portes de la victoire. De toute évidence cette analyse n'est pas fidèle à l'esprit de Gandhi puisque la force de l'âme, de l'amour, n'entre pas en ligne de compte. C'est une non-violence à ras de terre qui évacue la conception spirituelle de l'*ahimsâ*. Mais le sec algébrisme de la formule met clairement en lumière le mécanisme concret, sans coloration morale intrinsèque, des leviers employés. Car les mots ne doivent pas faire illusion : *hartal*, boycott, non-coopération, désobéissance civile sont des armes classiques, celles mêmes dont, sous les yeux de Gandhi, usaient les Sinnfeiners dans leur lutte sanglante pour l'indépendance de l'Irlande. Gandhi, au reste, ne niait ni l'identité des moyens ni leur potentiel de violence : *La non-coopération est en soi anormale, perverse, coupable*[470] ; *l'arme du jeûne... prend facilement un goût de violence si elle n'est pas employée par quelqu'un qui soit habile en cet art*[471]. Mais précisément par l'abstention de violence il prétendait marquer ces moyens d'un signe positif, les transposer sur un mode *constitutionnel*[472], moral, spirituel. *La résistance violente est elle-même non-coopération. Elle est immorale à cause de sa violence. Elle devient morale quand elle est non violente. La non-coopération avec le mal est un devoir sacré. Elle est essentiellement spirituelle à cause de son caractère non violent*[473]. Ce *caractère non violent* n'est pas simple abstention matérielle de gestes violents par l'utilisation des « recettes » de la non-violence agressive. Il est le fruit de la non-violence constructive, quelque chose de nouveau, absolument original, né de la fécondation de la technique agressive par l'énergie inhérente à l'état inchoatif de perfection qu'est la non-violence constructive. Le Congrès doit saisir la *connexion nécessaire qui lie le programme constructif et la désobéissance civile... Séparée du programme constructif, la désobéissance civile devient une méthode de violence... Le corps de la non-violence se disloque s'il n'y a pas une foi vivante au programme constructif*[474]. La non-coopération *est une méthode de purification personnelle et une forme de yajña* (sacrifice). *Si tel n'était pas le sens de la non-coopération elle serait coupable*[475]. La non-violence constructive, par la sainteté qu'elle implante en l'homme, introduit dans un autre ordre ; par elle, désobéissance civile, non-coopération ne sont plus la désobéissance civile, la non-coopération communes, elles sont purgées radicalement de leur brutalité et elles communiquent cependant leur réalisme, leur efficacité à une recherche de la perfection toujours menacée de se perdre en chimères. Chef spirituel et chef national, refusant la dichotomie de l'éthique et du politique, du profane et du spirituel, rejetant la maxime qui veut que la fin justifie les moyens : *on ne peut avoir une rose en plantant une mauvaise herbe*[476], Gandhi surélève tout l'homme, ses forces physiques, psychologiques, morales, sociales, spirituelles, avec tous les comportements et les structures où il s'exprime, en une *religion de la non-violence* dont *la fin secondaire est le service du peuple et la fin la plus haute la délivrance (moksha)*, et en laquelle, par laquelle les énergies positives du spirituel et du temporel, de l'idéalisme et du réalisme se magnifient mutuellement tandis que leurs limites, leurs incompatibilités ou leurs scories sont détruites grâce à l'*alchi-*

mie de l'amour. C'est pourquoi la non-violence agressive n'est dans la vie de Gandhi qu'un point de crise, de rupture, éclatement indispensable mais passager, alors que la non-violence constructive, ses vertus, ses activités humbles, quotidiennes sont un effort constant, emplissent à elles seules des années et, loin d'être des temps creux, représentent l'essentiel. Mais qu'il était difficile d'en convaincre l'Inde !

Le projet est beau. Trop beau peut-être. L'esprit ouvre aisément des perspectives qui se prolongent à l'infini. Les splendeurs entrevues ravissent le prophète. Mais la réalité garde ses lourdeurs, ses contraintes impossibles à éliminer comme par magie. L'aiguillon de la violence ne reste-t-il pas attaché à la non-coopération, à la désobéissance civile, même si celles-ci réussissent – ce qui n'est déjà pas une mince affaire – à être physiquement non violentes, puisqu'elles happent un pays dans l'engrenage provocation-répression, poussent, acculent l'adversaire à une riposte de plus en plus étendue ou à la démission, en conférant de surcroît à leurs partisans l'auréole du martyr et en rejetant sur l'autre camp tout l'odieux de la situation ? Autre question : si réelle que soit la force d'âme déployée par le non-coopérateur non violent authentique, est-ce cette force de l'âme qui assure la victoire ou, au ras de la réalité, la violence d'une obstruction économique et politique systématiquement menée, l'arrêt des rouages essentiels à la vie d'un pays ? Et dans quelle mesure, quelles que soient les intentions, le climat de guerre civile froide ainsi créé et entretenu ne prépare-t-il pas le terrain au profit des violents prêts à exploiter la situation ? Combien de temps les chefs non violents tiendront-ils en main des foules enfiévrées ? Le Mahâtma lui-même n'a pu empêcher le *satyâgraha* de dégénérer en violences. De plus, à se poser en champion de Dieu, la non-violence n'entretient-elle pas les illusions faciles, fardant de Justice, de Vérité, d'Amour les mobiles tapis dans l'obscurité des consciences, oubliant également, et portant à oublier, qu'elle aussi n'instaurera en définitive qu'une justice, une vérité inéluctablement partielles, relatives – dont le maintien exigera le recours à la coercition – ou bien qu'elle sera condamnée, pour être fidèle à elle-même, à une contestation perpétuelle ? A l'heure de l'indépendance Gandhi envisageait de rompre avec le Congrès, de fonder un parti d'opposition aux nouveaux chefs de l'Inde. Que d'autres problèmes posent et la doctrine et ses applications ! Aux yeux du Mahâtma qui a su le plus souvent éviter les écueils à force de génie et de pureté d'âme, les risques et les équivoques tenaient moins à l'essence de l'*ahimsâ* qu'à la *complexité stupéfiante de la nature humaine*[477]. Mais il savait qu'il était engagé sur un chemin de crête. C'était une *expérience dangereuse... exposée à toutes les possibilités d'erreur en son application à de larges masses*[478]. *Marcher sur le tranchant affilé de l'ahimsâ n'est pas chose facile en ce monde plein de himsâ*[479]. *En concentrant ses facultés un acrobate peut danser sur une corde raide... Mais il faut une concentration beaucoup plus forte pour suivre le sentier de la Vérité et de l'ahimsâ. La plus légère inattention en fait choir*[480].

« On écrira la vie de Gandhi et on le discutera, lui, ses théories et ses activités. Mais pour quelques-uns d'entre nous, disait Nehru, il restera quelque chose au-delà de toute théorie, un visage radieux et bien-aimé qui ennoblissait nos vies mesquines, leur donnait un sens et dont la mort nous a laissés dans un sentiment de vide et de solitude... Pèlerin en quête de la Vérité, calme, paisible, résolu et impavide[481]. » Grâce à lui, même si l'on ne peut oublier – tout se tient – l'horreur des massacres hindous-musulmans lors de la partition, le combat de l'Inde pour son indépendance a été aussi efficace et moins atroce que d'autres guerres de libération nationale, les haines ont été moins farouches, le terrorisme contenu, les pertes en vies humaines limitées. Magnifique titre de gloire, il a, par sa force d'âme, arrêté la guerre civile, les luttes fratricides à Calcutta, à Delhi et par là, pour un temps, en toute l'Inde. Mais à cet *humble chercheur de Vérité*, rien de ce qu'il avait réalisé, pensé, entrevu ne semblait définitif. *Tout ce que j'ai fait c'est de tenter des expériences... aussi vastes que possible. Je me suis parfois trompé et je me suis instruit par mes erreurs. La vie et ses problèmes sont devenus pour moi autant d'occasions de pratiquer la vérité et la non-violence... M'efforçant sans trêve de leur être fidèle je progresse à chaque instant. J'en vois de nouvelles implications. Je les vois chaque jour dans une lumière nouvelle*[482].

VOCABULAIRE

Ahimsâ	abstention de tout désir de violence. Un des concepts fondamentaux de l'éthique indienne étendu par Gandhi à la vie politique.
Âshram	communauté, ermitage.
Âtman	soi individuel et soi cosmique.
Avatâr	« descente » d'un dieu revêtant une forme humaine ou animale.
Bhagavad Gîtâ	poème mystique, un des épisodes les plus célèbres du Mahâbhârata. L'Inde n'a cessé de le commenter en lui imposant les interprétations les plus diverses.
Bhâgavat Purâna	livre sacré de l'hindouisme où s'exprime particulièrement la dévotion (bhakti) à Vishnu.
Bhakti	dévotion, étymol. participation à une divinité par l'amour.
Brahman	au neutre le Soi universel ; au masculin (Brahmâ) une des personnes de la trinité hindoue, manifestation du Soi universel.
Brâhmana	codes rituels des sacrifices védiques.
Çakti	force active d'un dieu, personnifiée dans la partie féminine de sa double nature ; notamment force de Çiva.
Çiva	dieu destructeur de la trinité hindoue.
Charkha	rouet.
Dhoti	bande d'étoffe que les hommes drapent sur la partie inférieure du corps.
Hartal	grève.
Himsâ	désir de faire violence.
Hind Swarâj	indépendance de l'Inde. *Cf.* Swarâj.

Karman	action ; loi de la rétribution des actes bons ou mauvais.
Khâdi	étoffe filée et tissée à la main.
Krishna	incarnation de Vishnu.
Râma	autre incarnation de Vishnu et héros du Râmâyana.
Râm Nâm ; Râm Râm	invocations de Râma.
Râm Râj	souveraineté de Râma, Royaume de Râma, équivalent de la plénitude du bonheur.
Râmâyana	célèbre poème épique.
Rishi	sage qui a « vu » et « entendu » le Veda. Par extension, un inspiré.
Sannyâsin	renonçant qui abandonne tout et erre à travers l'Inde.
Satyâgraha	(skr. satya, vérité + âgraha, saisie, emprise) ; mot clé forgé par Gandhi pour exprimer positivement son idéal de lutte non violente pour l'établissement de la Vérité morale et politique (swarâj).
Satyâgrahi	adepte du satyâgraha.
Sîtâ	épouse de Râma. Le Râmâyana conte les fabuleuses prouesses de Râma à la recherche de Sîtâ ravie par le démon Râvana.
Swarâj	maîtrise de soi et indépendance politique indissolublement liées l'une à l'autre par Gandhi.
Swadeshi	indigène ; par extension tout ce qui est de fabrication nationale.
Upanishad	textes didactiques où s'exprime et se nourrit la spéculation indienne.
Vaiçya	théoriquement la société indienne se répartit en quatre grandes classes : les brâhmanes (prêtres), les kshatriya (guerriers), les vaiçya (marchands et agriculteurs), les çudra (hommes de peine).

NOTES ET RÉFÉRENCES

ABRÉVIATIONS

Auto	Gandhi, *Autobiographie**.
BhG	*Bhagavad Gîtâ*, trad. E. Senart, les Belles Lettres, Paris, 1944.
CW	*Collected Works of Mahâtma Gandhi.*
Ga	*Gandhiji, his life and work.*
H	*Harijan.*
HC	B. P. Sitaramayya, *History of the Indian National Congress.*
HS	Gandhi, *Hind Swarâj.*
JI	Gandhi, *Jeune Inde*, trad. H. Hart, Stock, 1948.
Na	Gandhi, *The Nation's Voice.*
NDI	J. Nehru, *Discovery of India*, Meridian Books, London, 1946.
NVP	J. Nehru, *Ma vie et mes prisons*, trad. G. Belmont, Denoël, Paris, 1952.
PW	Gandhi, *Non-Violence in Peace and War.*
R	Gandhi, *My Religion.*
RRI	Romain Rolland, *Inde, Journal, 1915-1943*, Vineta, Lausanne, 1951.
RRM	Romain Rolland, *Mahâtma Gandhi.*
Sat	Gandhi, *Satyâgraha.*
SSA	Gandhi, *Satyâgraha in South Africa.*
SW	Gandhi, *Speeches and Writings.*

* Sauf indication de traduction, les citations ont été prises sur le texte anglais.

T Tendulkar, *Mahâtma, Life of Mohandas Karamchand Gandhi.*

YI *Young India.*

1 Pour alléger la lecture, les noms propres sont donnés sous la forme simplifiée souvent en usage dans les éditions indiennes.

Prononciation : e = é ; u = ou ; ai = aï ; g suivi de voyelle reste dur (fr. gué) ; sh = ch.

2 *Auto*, 11.
3 *Auto*, 10.
4 *Auto*, 10.
5 *Auto*, 10.
6 Qualificatif attribué à des héros ou à de grands ascètes doués de pouvoirs fabuleux.
7 Littéralement : « descente » d'un dieu revêtant une forme humaine ou animale. Krishna et Râma sont des *avatârs* de Vishnu.
8 *Auto*, 14-15.
9 *Auto*, 49.
10 *Auto*, 19.
11 Tagore, *Souvenirs*.
12 *Auto*, 32.
13 *Auto*, 33.
14 *Auto*, 88.
15 *Auto*, 50.
16 CW, I, 54, 57 (13 juin 1891).
17 CW, I, 9 (12 novembre 1888).
18 *Auto*, 55.
19 *Auto*, 67.
20 *Auto*, 70.
21 *Auto*, 54.
22 *Auto*, 66.
23 *Auto*, 65.
24 *Auto*, 65.
25 *Auto*, 75.
26 *Auto*, 104.
27 *Auto*, 100-101.
28 *Auto*, 104.
29 SW, 4-5.
30 Cité par Gandhi *in* SSA, 33.
31 CW, II, 187.
32 PW, I, 24.
33 *Auto*, 174.
34 *Auto*, 174-175.
35 *Auto*, 175.
36 Gokhale cité par Gandhi, *in* T, I, 53.
37 SW, 11.
38 *Vie de Gandhi*, trad. A. Bernard, 70.
39 *Auto*, 364.
40 *Auto*, 246.
41 *Auto*, 268.
42 SSA, 72.
43 SSA, 72.
44 Gandhi, *passim.*
45 CW, III, 220.
46 SSA, 72.
47 *Auto*, 277.
48 *Auto*, 318.
49 *Auto*, 323.
50 *Auto*, 202.
51 *Auto*, 265.

52 *Auto*, 180.
53 *Auto*, 198.
54 R, 3. YI, 23 janv. 1930.
55 *Auto*, 198.
56 *Auto*, 90.
57 *Auto*, 199.
58 *Auto*, 89.
59 *Auto*, 336-337.
60 *Auto*, 337.
61 *Auto*, 337.
62 *Auto*, 403.
63 *Auto*, 381.
64 *Auto*, 382.
65 *Auto*, 388.
66 Le *sattva* est le principe pur, lumineux, le *tamas* le principe impur, ténébreux de la *prakriti*, substance matérielle et spirituelle primitive.
67 *Auto*, 346.
68 CW, XII, 45.
69 *Sat*, 95.
70 *Sat*, 95, 97.
71 *Auto*, XXXIII.
72 *Auto*, 198.
73 *Auto*, 2-3.
74 SW, 161.
75 SW, 338.
76 R, 21.
77 YI, 11 avril 1921.
78 *BhG*, XI, 55.
79 *BhG*, XII, 13, 14, 15.
80 CW, XV, 289.
81 CW, XV, 312.
82 *BhG*, II, 1.
83 *BhG*, II, 2, 3.
84 *BhG*, II, 33.
85 O. Lacombe, *Gandhi ou la force de l'âme*, 56.
86 PW, I, 123.
87 PW, I, 123.
88 O. Lacombe, *op. cit.*, 151.
89 PW, I, 123.
90 *Auto*, 155.
91 *Auto*, 173.
92 *Auto*, 200.
93 *Auto*, 200.
94 Tolstoï *in* T, I, 150.
95 HS, 70.
96 CW, VI, 358.
97 SW, 190.
98 CW, VIII, 94.
99 CW, VIII, 173.
100 SW, 506 ; PW, I, 413.
101 Thoreau, cité *in* SW, 228.
102 CW, IX, 34.
103 SSA, 321.
104 CW, XII, 276.
105 SW, 92.
106 SW, 184.
107 T, VI, 230-231.
108 HS, 27.
109 HS, 26.
110 HS, 26.
111 HS, 26.
112 HS, 26.
113 HS, 26-27.
114 HS, 22.
115 HS, 22.
116 HS, 70.
117 HS, 33.
118 HS, 32.
119 HS, 40.
120 HS, 41.
121 HS, 42.
122 HS, 27.
123 HS, 30
124 HS, 31.
125 HS, 46.

126 HS, 45.
127 HS, 46.
128 HS, 76.
129 HS, 41.
130 HS, 41.
131 HS, 58.
132 HS, 72.
133 HS, 47.
134 HS, 73.
135 HS, 75.
136 HS, 59.
137 HS, 60.
138 HS, 76.
139 HS, 76.
140 Tagore.
141 HS, 72.
142 HS, 74.
143 HS, 74.
144 HS, 12 (Préf., éd. 1938).
145 NVP, 316.
146 SW, 332.
147 HS, 37.
148 YI, 17 sept. 1925.
149 HS, 11. YI, janv. 1921.
150 HS, 11.
151 HS, 11.
152 HS, 47.
153 SW, 421.
154 HS, 71.
155 HC, I, 192.
156 *Auto*, 444.
157 *Auto*, 577.
158 NVP, 64.
159 PW, I, 25.
160 *Auto*, 587.
161 Gandhi, *passim.*
162 *Auto*, 591.
163 T, I, 300.
164 *Auto*, 591, 592.
165 T, I, 299.
166 *Sat*, 25.
167 NVP, 54.
168 CW, XV, 218.
169 *Auto*, 604.
170 SW, 479.
171 SW, 479.
172 SW, 480.
173 SW, 480.
174 JI, 95.
175 JI, 95.
176 CW, XVI, 243.
177 YI, 31 déc. 1919.
178 YI, 31 déc. 1919.
179 CW, XV, 361.
180 YI, 10 déc. 1919.
181 JI, 227.
182 P. Meile, in *Auto*, XX.
183 CW, XVII, 498.
184 *Auto*, 570.
185 JI, 86.
186 CW, XVII, 500.
187 T, I, 333.
188 SW, 487.
189 NVP, 59.
190 T, II, 3.
191 CW, XVII, 390.
192 JI, 101.
193 Gandhi, *passim.*
194 JI, 103.
195 JI, 119.
196 HC, I, 199, 204.
197 HC, I, 192.
198 NVP, 75.
199 HC, I, 205.
200 HC, I, 208. On remarquera avec quel naturel Gandhi fond réminiscences biblique et upanishadique. *Cf.* Brihadâranyaka Upanishad I, 328 : Conduis-nous du mensonge à la vérité

(ou, autre trad. : du non-être à l'Être...).
201 YI, 5 janv. 1921.
202 NVP, 79, 80.
203 JI, 303. T, I, 180.
204 JI, 202.
205 JI, 200.
206 T, II, 327.
207 T, II, 327.
208 T, II, 75.
209 T, II, 74.
210 Gandhi, *passim.*
211 Tagore, *Vers l'homme universel*, 247.
212 Tagore, *op. cit.*, 251-252.
213 JI, 367.
214 T, II, 70.
215 T, II, 101.
216 T, II, 101.
217 HC, I, 223.
218 HC, I, 221.
219 T, II, 107.
220 YI, 6 fév. 1922.
221 YI, 6 fév. 1922.
222 YI, 16 fév. 1922.
223 T, II, 121.
224 SW, 672.
225 T, II, 122, 123.
226 *In* Fischer, *Vie de Gandhi*, 188.
227 T, II, 123.
228 T, II, 200.
229 *Letters to Sardar Patel, in* Nanda : *Mahâtma Gandhi*, 183.
230 T, II, 331.
231 T, II, 309.
232 JI, 352.
233 T, II, 319.
234 T, II, 334.
235 T, II, 230.
236 T, II, 402.
237 NVP, 171.
238 YI, 4 mars 1929.
239 T, II, 488.
240 T, III, 3.
241 T, III, 6 ; *Lettre à Tagore*, janv. 1930.
242 T, III, 12.
243 T, III, 15.
244 HC, I, 370. Le monopole avait été établi en 1836, le prix de vente augmenté en 1868, 1888, 1902, date à laquelle le Congrès avait dénoncé les conséquences sanitaires du manque de sel.
245 T, III, 9, *passim.*
246 YI, 20 fév. 1930.
247 *Sat*, 225.
248 T, III, 2-3.
249 T, III, 9-10.
250 *Sat*, 222.
251 *Sat*, 221.
252 T, III, 38.
253 YI, 3 avril 1930.
254 HC, I, 384.
255 Nehru, *in* T, III, 31.
256 HC, I, 444.
257 HC, I, 447.
258 *Darshan* : vision bénéfique d'un saint homme.
259 HC, I, 456.
260 T, III, 138.
261 *Na*, 9.
262 NVP, 248.
263 *Na*, 152.
264 P. Meile, *in Auto*, XXVI.

265 Gandhi, *Untouchability*, 117.
266 Poèmes de Tagore, trad. par A. Gide sous le titre : *l'Offrande lyrique.*
267 *In* Fischer, *Vie de Gandhi*, 418.
268 T, III, 320.
269 T, IV, 174.
270 H, 11 mai 1934.
271 HC, I, 580.
272 Association panindienne des fileurs, Association panindienne pour l'éducation, Association des Serviteurs des Harijan, Association du service de la Vache.
273 T, IV, 138.
274 PW, I, 237.
275 PW, I, 213-214.
276 T, V, 254.
277 PW, I, 240.
278 T, V, 255.
279 HC, II, 177.
280 HC, II, 177. T, V, 327.
281 T, V, 354.
282 PW, I, 473.
283 Amery, secrétaire d'État aux Affaires indiennes, *in* Nanda, *Vie de Gandhi*, 309.
284 Nanda, *op. cit.*, 309.
285 Nanda, *op. cit.*, 309.
286 NDI, 379.
287 T, VI, 196.
288 H, 31 mai 1942.
289 Lettre au vice-roi, 20 sept. 1940.
290 *To every Briton*, 11 mai 1942. T, VI, 100.
291 T, VI, 98.
292 T, VI, 98.
293 T, VI, 132.
294 T, VI, 132.
295 T, VI, 103.
296 T, VI, 103.
297 T, VI, 99.
298 HC, II, 333.
299 T, VI, 206.
300 T, VI, 208.
301 T, VI, 190.
302 Nehru, *Cahiers de l'Orient contemporain*, 1946, 526.
303 H, 5 janv. 1947.
304 T, VII, 328.
305 H, 8 déc. 1947.
306 PW, II, 300.
307 T, VIII, 126.
308 *Morning News* (musulman).
309 Pyarelal, *Mahâtma Gandhi, the last phase*, II, 382.
310 Déclaration de Rajagopalachari, gouverneur du Bengale.
311 T, VIII, 319.
312 T, VIII, 345.
313 NVP, 221.
314 NVP, 127.
315 NPV, 364.
316 NVP, 364.
317 Privat, *Vie de Gandhi*.
318 NVP, 127.
319 CW, XII, 368.
320 Tagore, *Hindustan Review*, II, 1948.
321 NPV, 222.

322 T, I, 159.
323 NVP, 373.
324 NPV, 358.
325 T, III, 243 et 246.
326 RRI, 191.
327 Gandhi, *passim*.
328 NVP, 365.
329 E. Thompson, *in M. Gandhi*, 291.
330 NVP, 218.
331 NVP, 128.
332 PW, I, 27.
333 NVP, 222-223.
334 T, V, 324.
335 NVP, 309.
336 Upton Close.
337 NVP, 221.
338 Nehru, *passim*.
339 NVP, 221.
340 NVP, 223, 364.
341 NVP, 223.
342 NVP, 288.
343 NVP, 370.
344 NVP, 220-221.
345 NVP, 220.
346 NVP, 86.
347 Jugement de S.C. Bhose *in* RRI, 381.
348 PW, I, 80.
349 PW, I, 95.
350 Citation non retrouvée.
351 Jugement de Tagore *in* RRI, 113.
352 NVP, 288.
353 Majumdar (R.C.), *History of the freedom movement in India*, III, 163.
354 T, V, 260.
355 T, V, 273.
356 PW, I, 170-171.
357 JI, 62-63.
358 SW, 205.
359 Gandhi, *passim*.
360 T, V, 409.
361 NVP, 222.
362 Santhanam K., *Satyâgraha and the state*, 4.
363 PW, II, 44.
364 PW, II, 44-45.
365 T, V, 307.
366 PW, I, 147.
367 Gandhi, *passim*.
368 T, V, 307.
369 JI, 62.
370 *Sat*, 384.
371 JI, 324.
372 PW, I, 143.
373 JI, 35.
374 *Auto*, 446-447.
375 PW, I, 292.
376 R, 107.
377 JI, 6.
378 JI, 33.
379 CW, XIV, 462-463.
380 PW, I, 172.
381 PW, I, 113, 114.
382 O. Lacombe, *op. cit.*, 137.
383 JI, 71.
384 JI, 36.
385 SW, 418.
386 PW, I, 153.
387 PW, I, 105.
388 PW, I, 128, 130.
389 PW, I, 114.
390 JI, 3.
391 JI, 32.
392 R, 50.
393 SSA, 109.
394 PW, II, 274.
395 R, 107.

396 T, IV, 190.
397 PW, I, 212.
398 *Sat*, 357.
399 R, 41.
400 R, 37.
401 PW, II, 339.
402 Drevet (C.), *Massignon et Gandhi : la contagion de la Vérité*, 84.
403 R, 49.
404 R, 50.
405 PW, I, 180.
406 PW, I, 194.
407 *Sat*, 364.
408 T, IV, 60.
409 HS, 56.
410 PW, I, 311
411 HS, 56-57.
412 PW, I, 198
413 HS, 56-57.
414 CW, XV, 24.
415 R, 49.
416 R, 49.
417 PW, II, 85.
418 *Cf.* aussi CW, XX, 413 : *Écarter l'ancien et créer du nouveau.*
419 PW, I, 260.
420 R, 103.
421 R, 96.
422 R, 92.
423 R, 96.
424 PW, II, 87.
425 JI, 345.
426 *Sat*, 315.
427 PW, I, 335.
428 PW, I, 284.
429 R, 52.
430 Gandhi, *passim*.
431 T, V, 305.
432 *Sat*, 240.
433 PW, I, 240.
434 *Sat*, 132.
435 PW, I, 260.
436 JI, 330.
437 JI, 141.
438 JI, 154.
439 JI, 154.
440 JI, 187-188.
441 JI, 83.
442 JI, 116.
443 *Sat*, 320.
444 *Sat*, 319.
445 PW, I, 325.
446 PW, I, 325.
447 PW, I, 353.
448 RRM, 70.
449 PW, I, 265.
450 PW, I, 265.
451 PW, I, 397.
452 *Sat*, 99.
453 PW, I, 265.
454 PW, I, 265.
455 PW, I, 265.
456 PW, I, 318.
457 PW, I, 397.
458 PW, I, 305.
459 PW, I, 397.
460 PW, I, 318.
461 PW, I, 296.
462 T, VI, 104.
463 PW, I, 306.
464 PW, I, 285.
465 PW, I, 383.
466 Cité par O. Lacombe, in *op. cit.*, 136.
467 Patanjali, *Yoga sûtra*, 11-35 et *cf.* reprise des mêmes idées *in* CW, IX, 490.
468 *Isaïe*, XI-6.
469 JI, 65.

470 T, II, 197.
471 H, 2 sept. 1938.
472 Gandhi, *passim*.
473 PW, I, 358.
474 HC, II, 288-289.
475 CW, XIX, 284.
476 HS, 51.
477 PW, I, 80.
478 T, II, 197.
479 YI, 21 oct. 1926.
480 *Lettres à l'âshram*, 22.
481 Nehru *in* T, I, XIV-XV.
482 R, 164.

CHRONOLOGIE

DATE	HISTOIRE MONDIALE	AFRIQUE DU SUD	INDE
1858			Annexion de l'Inde à l'Angleterre.
1860		Immigration des Indiens.	
1861			Naissances de Motilal Nehru, Rabindranath Tagore.
1869	Tolstoï : *Guerre et Paix.*		
1870	juil.-sept. : guerre entre la France et la Prusse.		1870-1880 : Troubles paysans.
1875	Fondation de la Société de théosophie.		
1876			Naissance de Mohammed Ali Jinnah. Fondation de l'Indian Association.
1877	Tolstoï : *Anna Karénine.*	Annexion du Transvaal à la couronne d'Angleterre.	Victoria, impératrice des Indes.
1879		Guerre des Zoulous.	
1880		Première guerre des Boers.	
1881		Paix de Pretoria.	Fondation de la Madras Mahâjana Sabha, de la Bombay Presidency Association.
1882	Tolstoï : *Confessions, le Résumé des Évangiles.*		
1884	Tolstoï : *Ce que je crois.*		
1885			Fondation de l'All India National Congress.
1886	Tolstoï : *Que devons-nous faire ? la Sonate à Kreutzer.*		
1888			
1889			Naissance de Jawaharlal Nehru.
1890			
1891	Tolstoï : *le Royaume de Dieu est en vous.*		
1893			
1894		Taxe de trois livres.	

VIE DE GANDHI	DATE
	1858
	1860
	1861
2 oct. : naissance de Mohandas Karamchand Gandhi à Porbandar.	1869
	1870
	1875
Karamchand Gandhi devient juge à Rajkot et s'y installe. Fiançailles de Gandhi et de Kasturbai.	1876
	1877
	1879
	1880
	1881
	1882
	1884
Mort de Karamchand Gandhi.	1885
	1886
Angleterre. Expériences de diététique. Découvre le bouddhisme, lit la Gîtâ.	1888
	1889
(?) Mort de Putlibai.	1890
Admission au barreau. Retour en Inde. Avocat à Bombay puis à Rajkot.	1891
4 avril : départ pour l'Afrique du Sud. Mai : nuit de Maritzburg. Pretoria, lectures (Bible, coran, Tolstoï).	1893
Retour à Durban. Avocat à la cour. Fonde le Congrès indien du Natal et la Natal Educational Association.	1894

1896			
1897			
1898	Tolstoï : *Qu'est-ce que l'art ?*		
1899		Deuxième guerre des Boers.	
1900	Fondation du Sinnfein.		
1901	Mort de Victoria. Avènement d'Édouard VII.		
1902		Traité de Vereeniging.	
1903			
1904	Guerre russo-japonaise. Défaite de Port-Arthur.		
1905	Victoire japonaise.		Division du Bengale, terrorisme.
1906		Révolte des Zoulous.	Fondation de la Ligue musulmane. Le Congrès demande le swarâj.
1907		Autonomie du Transvaal. Loi asiatique.	Attentats terroristes à Londres. Les modérés quittent le Congrès. Fondation de la Hindu Mahasabha.
1908			Sédition, bombes, déportations des chefs nationalistes.
1909			Réformes Minto-Morley. Gokhale expose au Congrès les méthodes de résistance passive de Gandhi.
1910	Avènement de George V. Mort de Tolstoï (sept.).	Constitution de l'Union sud-africaine.	
1911			Réunification du Bengale.
1912		Loi sur l'immigration indienne. Mesures sur les mariages indiens.	
1913			
1914	2 août : Première Guerre mondiale. La Grande-Bretagne en guerre contre la Turquie.		A. Besant au Congrès.
1915			Mort de Gokhale. Fondation de l'All India Home League par A. Besant.
1916			Fondation de la Home Rule League par Tilak. Concordat hindou-musulman dû à l'action de Jinnah ; les modérés réintègrent le Congrès.
1917	Révolution russe.	Abolition de l'immigration sous contrat.	Mort de Dadabhai Naoroji.

Six mois en Inde. Action en faveur des Indiens d'Afrique du Sud, rencontre 1896
de chefs du Congrès (Tilak et Gokhale), écrit The Indian Franchise et An Appeal to every Briton in South Africa.

Retour au Natal avec sa famille. Manifestation contre Gandhi. 1897

Expériences de simplification. Aide bénévole dans un dispensaire. 1898

Brancardier volontaire (six semaines). 1899

1900

Retour en Inde. Déc. : assiste à la session du Congrès. Présente une motion 1901
en faveur des Indiens d'Afrique du Sud.

Avocat à Bombay. Retour en Afrique du Sud. 1902

Avocat à Johannesburg. 1903

Éditeur de l'Indian Opinion. Lecture d'Unto this Last de Ruskin. Colonie 1904
de Phœnix.

1905

Brancardier volontaire. Vœu de brahmacarya. Oct.-déc. : députation à 1906
Londres.

Serment contre la Loi asiatique. Organisation de la résistance passive ; 1907
forge le terme de satyâgraha. Renonce à sa profession, donne ses biens.

10 janv. : condamné à deux mois de prison à Johannesburg. 30 janv. : relâché. 1908
10 fév. : roué de coups par un Pathan. 16 août : autodafé des permis volontaires. 15 oct.-13 déc. : prison.

Juin : Londres. Discussions avec les terroristes indiens. Première lettre à 1909
Tolstoï. Nov. : retour en Afrique du Sud. Hind Swarâj.

Seconde lettre à Tolstoï et envoi d'Hind Swarâj. Ferme Tolstoï. 1910

1911

1912

Jeûne (une semaine) en expiation d'une faute commise à la Colonie de 1913
Phœnix. Satyâgraha. Oct. : marche épique. 11 nov. : condamné à neuf mois de prison. Libéré le 18 déc. Rencontre Andrews.

Jeûne (deux semaines) pour expier une faute commise à la Colonie de 1914
Phœnix. 30 juin : Smuts-Gandhi Agreement. 18 juil. : départ. 6 août : Londres. Recrutement de brancardiers indiens.

Janv. : Bombay. Décoré du Kaiser-I-Hind. 18 fév. : Tagore le salue Mahât- 1915
ma. 25 mai : fondation de l'âshram, y reçoit une famille d'intouchables.

Voyages et meetings. 1916

Avril 1917 : satyâgraha de Champaran. 1917

DATE	HISTOIRE MONDIALE	INDE
1918		Réformes Montagu-Chelmsford.
1919	Traité de Versailles. Société des Nations.	18 mars : loi Rowlatt. 30 mars et 6 avril : hartal, désobéissance civile. 13 avril : fusillade de Jalianwala Bagh. 18 avril : suspension du satyâgraha. 17 oct. : Journée du Califat. Déc. : les Modérés quittent définitivement le Congrès.
1920		31 juil. : mort de Tilak. 1er août : campagne du Califat. Exode vers l'Afghanistan de 18 000 musulmans. Oct. : fondation de l'Indian Trade Union Congress. Premiers groupements communistes.
1921	Traité de Sèvres.	17 nov. : visite du prince de Galles. Émeutes.
1922	Mustapha Kemal prend le pouvoir. Le Sultan s'enfuit.	5 fév. : massacre de Chauri-Chaura. Suspension du satyâgraha. Rupture hindoue-musulmane.
1923		
1924	Romain Rolland : *Mahâtma Gandhi*.	Troubles hindous-musulmans (Kohat).
1925	Tchang Kaï-chek au pouvoir. Traité de Locarno (Briand et Stresemann).	Satyâgraha pour les intouchables à Vykom (Travancore).
1926		
1927	Guerre sino-japonaise.	
1928		5 fév. : Arrivée de la commission Simon. Hartals. Antagonisme Jinnah-Nehru. Fondation de l'All India Worker's and Peasants' Party. Grèves massives.
1929		Procès de Meerut.
1930	Évacuation de la Rhénanie.	26 janv. : Independence Day. 5 avril : satyâgraha. Londres : première conférence de la Table ronde.
1931	Triomphe du parti nazi.	Mort de Motilal Nehru. Seconde conférence de la Table ronde (sept.-déc.).
1932		Satyâgraha.
1933	Hitler chancelier d'Allemagne.	

VIE DE GANDHI	DATE
Satyâgraha avec les ouvriers des filatures d'Ahmedabad. Jeûne de trois jours pour soutenir les grévistes. Satyâgraha du Khera. Recrutement pour l'armée anglaise.	1918
28 fév. : serment de satyâgraha contre les lois Rowlatt. 13 avril : jeûne de trois jours en pénitence pour actes de sabotage. Éditeur de Young India **et** Nevajîvan. **Enquête au Panjab avec Motilal Nehru. 17 oct. : préside la conférence du Califat, lance l'idée et le mot de non-coopération.**	1919
	1920
1er août : premier autodafé de tissus étrangers. Ne porte plus qu'une bande de khâdi. Jeûne de cinq jours pour expier les émeutes de Bombay.	1921
13 mars : arrestation. 18 mars : grand procès à Ahmedabad, six ans de réclusion.	1922
Prison de Yeravda. Rédige Satyâgraha in South Africa **et** Autobiographie. **Lectures étendues et rouet.**	1923
Appendicite, libération. 18 sept. : vingt et un jours de jeûne après troubles hindous-musulmans de Kohat.	1924
Voyages. Oct. : fondation de l'All India Spinners' Association. Nov. : jeûne de sept jours pour faute commise à l'âshram.	1925
Vœu d'une année de silence politique à Sabarmati.	1926
Voyages, meetings, khâdi, autodafés.	1927
	1928
	1929
30 janv. : publication des onze Points. 12 mars-5 avril : marche du sel. 4 mai : prison de Yeravda.	1930
25 janv. : libération. 4 mars : Gandhi-Irwin Agreement. 29 août-5 déc. : Londres. Conférences à Paris, en Suisse, Italie. Rencontre Romain Rolland, Mussolini. 28 déc. : Bombay.	1931
4 fév. : arrestation, prison de Yeravda. 20-26 sept. : jeûne à mort pour les intouchables. Pacte de Yeravda.	1932
8 mai : jeûne de purification de vingt et un jours à la prison de Yeravda, relâché le jour même. 26 juil. : dissout l'âshram. Désobéissance civile individuelle. 1er août : arrestation, relâché le 4. Désobéissance civile individuelle, arrêté le jour même. Condamné à un an de prison. Jeûne. Relâché le 23. Se considère prisonnier jusqu'à expiration de sa peine (août 1934). Premiers numéros d'Harijan.	1933

1934		Jinnah reprend la direction de la Ligue musulmane. Fondation du Parti socialiste indien.
1935	L'Italie conquiert l'Éthiopie.	
1936	Mort de George V. Édouard VIII. George VI. Guerre civile en Espagne.	Nouvelle Constitution. Fondation de l'Association socialiste des paysans.
1937		Élections législatives générales ; succès du Congrès. Jinnah propose un accord et entre en lutte ouverte. Marches des paysans.
1938	Expulsion des Juifs d'Allemagne. Annexion de l'Autriche à l'Allemagne. Accords de Munich.	
1939	Seconde Guerre mondiale.	Nov. : démission des ministres congressistes. Suspension de la Constitution.
1940	Attaque allemande en Norvège. Invasion de la Hollande, de la Belgique, de la France. Armistice franco-allemand.	La Ligue musulmane demande la création du Pakistan.
1941	Juin : l'Allemagne attaque l'URSS. Déc. : attaque japonaise sur Pearl Harbor.	Mort de Tagore. Satyâgraha individuel.
1942	Chute de Singapour. Bataille du Pacifique. 7 mars : chute de Rangoon.	27 mars : mission Cripps. 6 avril : raids japonais sur Colombo, Vizagapatam, Coconada. Satyâgraha. Terrorisme.
1943	Bataille de Stalingrad. Débarquement des Alliés en Sicile.	
1944	Janv. : débarquement en Italie. Juin : débarquement en Normandie. Août : libération de Paris.	
1945	Mai : capitulation de l'armée allemande.	
1946	Début de la guerre d'Indochine.	Journée d'action musulmane. Massacres de Noakhali et du Bihar.
1947		Partition de l'Inde. Création du Pakistan. 15 août : proclamation de l'Indépendance. Exodes et massacres.
1948		

Action pour les intouchables. 7 avril : suspend la désobéissance civile. 25 juin : attentat à la bombe contre Gandhi. Jeûne de sept jours pour expier l'intolérance d'un gandhiste. 26 oct. : fonde l'Association panindienne des industries de villages. Se retire du Congrès. 1934

S'installe à Wardha. Anti-intouchabilité, éducation de base, rouet, khâdi. 1935

1936-1938 : port d'attache à Segaon. Voyages, meetings, tentative d'assassinat. 1936

1937

1938

3 mars : jeûne à mort contre le prince de Rajkot interrompu et demi-échec. 1939

1940

1941

Quit India. **9 août : incarcération dans le palais de l'Aga Khan à Poona. 15 août : mort de Mahadev Desai.** 1942

10 février : jeûne de trois semaines. 1943

22 fév. : mort de Kasturbai. 6 mai : Gandhi malade est relâché. Échec des négociations Gandhi-Jinnah (9 au 26 juin). 1944

1945

Déc.-mars 1947 : Noakhali. Puis Bihar ; 24 sept. : jeûne à mort à Calcutta. 1946

1947

13-18 janv. : jeûne à Delhi. 20 janv. : tentative d'assassinat. 30 janv. : assassinat. 1948

BIBLIOGRAPHIE

ŒUVRES

Collected Works of Mahâtma Gandhi. Ministry of Information and Broadcasting, Government of India, 1959 (tous les écrits et discours de Gandhi, en cours de publication).

JOURNAUX

Gandhi a dirigé ou a été le rédacteur principal de : *Indian Opinion* (hebdomadaire en anglais, gujrati, hindi et tamoul), Phœnix, Natal, à partir de 1904.

Young India (bihebdomadaire, en anglais), mai-octobre 1919.

Young India (hebdomadaire), Ahmedabad, Navajivan Press, 1919-1932.

Harijan (hebdomadaire), Poona, 1933-1941, Ahmedabad depuis 1942.

Notons aussi *Navajivan* en gujrati et *Harijan Sevak* en hindi.

C'est dans ces journaux qu'ont paru *Hind Swarâj*, 1909. *A Guide to Health*, 1912. *Ethical Religion*, 1912. *An Autobiography*, 1927. *Satyâgraha in South Africa*, 1928.

RECUEILS

Recueils d'articles, de journaux, de lettres, discours, pièces officielles et notes intimes (par ordre alphabétique) :

Cent per Cent Swadeshi. Christian Missions, their place in India. Constructive Programme, its Meaning and Place. Delhi Diary. Economics of Khadi. From Yeravda Mandir. Gandhiji Correspondance with the Government, 1942-1944. *Indian States Problem. Jail Experiences*, Tagore et Cie, Madras. *Non-*

violence in Peace and War (2 vol.). *Satyâgraha. Self-Restraint Self-Indulgence. Speeches and Writings of Mahâtma Gandhi. The Nation's Voice. To the Protagonists of Pakistan. To the Students. Women and Social Injustice.* (Navajivan Publishing House, Ahmedabad.)

OUVRAGES DE GANDHI

Préceptes de vie du Mahâtma Gandhi, Presses du Châtelet, 1998.
Méditations, Éditions du Rocher, 1998.
Résistance non violente, Buchet-Chastel, 1997.
Tous les hommes sont frères, Gallimard, coll. « Folio », 1990.
Lettres à l'Ashram, Albin Michel, coll. « Spiritualités vivantes », 1989.
Ma non-violence, Stock, 1973.
Autobiographie ou mes expériences de vérité, PUF, coll. « Quadrige », 1982.

SUR GANDHI

Robert Deliège, *Gandhi*, PUF, coll. « Que sais-je ? », 1999.
Marie-France Latronche, *L'Influence de Gandhi en France de 1919 à nos jours*, L'Harmattan, 1999.
Ramin Jahanbegloo, *Gandhi : aux sources de la non-violence*, Le Félin, 1998.
José Féron Romano et Judith Abeshera, *Gandhi, une âme pour la non-violence*, Hachette-Jeunesse, 1998.
Manohar Malgonkar, *Les Hommes qui tuèrent Gandhi*, Cerf, 1998.
Guy Deleury, *Gandhi*, Pygmalion, 1997.
Christine Guyot-Clément et Jean Clément, *L'Inde des rêves, des peuples et des dieux*, Omnibus, 1997.
Jean-Marie Muller, *Gandhi l'insurgé*, Albin Michel, 1997.
Martine Laffon, *La Vie de Gandhi*, Albin Michel, 1997.
Romain Rolland, *Mahâtma Gandhi*, Stock, 1993.
Catherine Clément, *Gandhi, athlète de la liberté*, Gallimard, coll. « Découvertes », 1989.
Milan Markovitch, *Tolstoï et Gandhi*, Slatkine, 1977.
Erick H. Erikson, *La Vérité de Gandhi*, Flammarion, 1974.

TABLE

ÉLÉMENTS BIBLIOGRAPHIQUES

Ouvrages de Gandhi

Préceptes de vie du Mahatma Gandhi
Presses du Châtelet, 1998.

Méditations
Éditions du Rocher, 1998.

Résistance non violente
Buchet-Chastel, 1997.

Tous les hommes sont frères
Gallimard, coll. « Folio », 1990.

Lettres à l'Ashram
Albin Michel, coll. « Spiritualités vivantes », 1989.

Ma non-violence
Stock, 1973.

Autobiographie ou Mes expériences de vérité
PUF, coll. « Quadrige », 1982.

Sur Gandhi

Robert Deliège
Gandhi
PUF, coll. « Que sais-je ? », 1999.

Marie-France Latronche
L'Influence de Gandhi en France
de 1919 à nos jours
L'Harmattan, 1999.

Ramin Jahanbegloo
Gandhi : aux sources de la non-violence
Le Félin, 1998.

José Féron Romano et Judith Abeshera
Gandhi, une âme pour la non-violence
Hachette-Jeunesse, 1998.

Manohar Malgonkar
Les hommes qui tuèrent Gandhi
Cerf, 1998.

Guy Deleury
Gandhi
Pygmalion, 1997.

Christine Guyot-Clément et Jean Clément
L'Inde des rêves, des peuples et des dieux
Omnibus, 1997.

Jean-Marie Muller
Gandhi l'insurgé
Albin Michel, 1997.

Martine Laffon
La Vie de Gandhi
Albin Michel, 1997.

Romain Rolland
Mahatma Gandhi
Stock, 1993.

Catherine Clément
Gandhi, athlète de la liberté
Gallimard, coll. « Découvertes », 1989.

Milan Markovitch
Tolstoï et Gandhi
Slatkine, 1977.

Erick H. Erikson
La Vérité de Gandhi
Flammarion, 1974.

RÉALISATION : IGS-CHARENTE PHOTOGRAVURE À L'ISLE-D'ESPAGNAC
IMPRESSION : BUSSIÈRE CAMEDAN IMPRIMERIES À SAINT-AMAND-MONTROND
DÉPÔT LÉGAL : OCTOBRE 2000. N° 40766 (3349/1)

Collection Points

SÉRIE SAGESSES

dirigée par Vincent Bardet et Jean-Louis Schlegel

Sa27. Œuvres de saint François d'Assise
Sa28. Règles des moines, *introduction et présentation par Jean-Pie Lapierre*
Sa29. Exercices spirituels par saint Ignace de Loyola *traduction et commentaires par Jean-Claude Guy*
Sa30. La Quête du Graal, *présenté et établi par Albert Béguin et Yves Bonnefoy*
Sa31. Confessions de saint Augustin *traduction par Louis de Mondadon*
Sa32. Les Prédestinés, *par Georges Bernanos*
Sa33. Les Hommes ivres de Dieu, *par Jacques Lacarrière*
Sa34. Évangiles apocryphes, *par France Quéré*
Sa35. La Nuit obscure, *par saint Jean de la Croix traduction du P. Grégoire de Saint-Joseph*
Sa36. Découverte de l'Islam, *par Roger Du Pasquier*
Sa37. Shambhala, *par Chögyam Trungpa*
Sa38. Un saint soufi du XXe siècle, *par Martin Lings*
Sa39. Le Livre des visions et instructions *par Angèle de Foligno*
Sa40. Paroles du Bouddha, *traduit du chinois par Jean Eracle*
Sa41. Né au Tibet, *par Chögyam Trungpa*
Sa42. Célébration biblique, *par Elie Wiesel*
Sa43. Les Mythes platoniciens, *par Geneviève Droz*
Sa44. Dîwân, *par Husayn Mansûr Hallâj*
Sa45. Questions zen, *par Philip Kapleau*
Sa46. La Voie du samouraï, *par Thomas Cleary*
Sa47. Le Prophète *et* Le Jardin du Prophète *par Khalil Gibran*
Sa48. Voyage sans fin, *par Chögyam Trungpa*
Sa49. De la mélancolie, *par Romano Guardini*
Sa50. Essai sur l'expérience de la mort *par Paul-Louis Landsberg*
Sa51. La Voie du karaté, *par Kenji Tokitsu*
Sa52. Le Livre brûlé, *par Marc-Alain Ouaknin*
Sa53. Shiva, *traduction et commentaires d'Alain Porte*
Sa54. Retour au silence, *par Dainin Katagiri*
Sa55. La Voie du Bouddha, *par Kyabdjé Kalou Rinpoché*
Sa56. Vivre en héros pour l'éveil, *par Shantideva*
Sa57. Hymne de l'univers, *par Pierre Teilhard de Chardin*
Sa58. Le Milieu divin, *par Pierre Teilhard de Chardin*
Sa59. Les Héros mythiques et l'Homme de toujours *par Fernand Comte*

Sa60. Les Entretiens de Houang-po
présentation et traduction de Patrick Carré
Sa61. Folle Sagesse, *par Chögyam Trungpa*
Sa62. Mythes égyptiens, *par George Hart*
Sa63. Mythes nordiques, *par R. I. Page*
Sa64. Nul n'est une île, *par Thomas Merton*
Sa65. Écrits mystiques des Béguines, *par Hadewijch d'Anvers*
Sa66. La Liberté naturelle de l'esprit, *par Longchenpa*
Sa67. La Sage aux champignons sacrés, *par Maria Sabina*
Sa68. La Mystique rhénane, *par Alain de Libera*
Sa69. Mythes de la Mésopotamie, *par Henrietta McCall*
Sa70. Proverbes de la sagesse juive, *par Victor Malka*
Sa71. Mythes grecs, *par Lucilla Burn*
Sa72. Écrits spirituels d'Abd el-Kader
présentés et traduits de l'arabe par Michel Chodkiewicz
Sa73. Les Fioretti de saint François
introduction et notes d'Alexandre Masseron
Sa74. Mandala, *par Chögyam Trungpa*
Sa75. La Cité de Dieu
1. Livres I à X, *par saint Augustin*
Sa76. La Cité de Dieu
2. Livres XI à XVII, *par saint Augustin*
Sa77. La Cité de Dieu
3. Livres XVIII à XXII, *par saint Augustin*
Sa78. Entretiens avec un ermite de la sainte Montagne
sur la prière du cœur, *par Hiérothée Vlachos*
Sa79. Mythes perses, *par Vesta Sarkhosh Curtis*
Sa80. Sur le vrai bouddhisme de la Terre Pure, *par Shinran*
Sa81. Le Tabernacle des Lumières, *par Ghazâlî*
Sa82. Le Miroir du cœur. Tantra du Dzogchen
traduit du tibétain et commenté par Philippe Cornu
Sa83. Yoga, *par Tara Michaël*
Sa84. La Pensée hindoue, *par Émile Gathier*
Sa85. Bardo. Au-delà de la folie, *par Chögyam Trungpa*
Sa86. Mythes aztèques et mayas, *par Karl Taube*
Sa87. Partition rouge, *par Florence Delay et Jacques Roubaud*
Sa88. Traité du Milieu, *par Nagarjuna*
Sa89. Construction d'un château, *par Robert Misrahi*
Sa90. Mythes romains, *par Jane F. Gardner*
Sa91. Le Cantique spirituel, *par saint Jean de la Croix*
Sa92. La Vive Flamme d'amour, *par saint Jean de la Croix*
Sa93. Philosopher par le Feu, *par Françoise Bonardel*

Sa94. Le Nouvel Homme, *par Thomas Merton*
Sa95. Vivre en bonne entente avec Dieu, *par Baal-Shem-Tov paroles recueillies par Martin Buber*
Sa96. Être plus, *par Pierre Teilhard de Chardin*
Sa97. Hymnes de la religion d'Aton *traduits de l'égyptien et présentés par Pierre Grandet*
Sa98. Mythes celtiques, *par Miranda Jane Green*
Sa99. Le Soûtra de l'estrade du Sixième Patriarche Houei-neng *par Fa-hai*
Sa100. Vie écrite par elle-même, *par Thérèse d'Avila*
Sa101. Seul à seul avec Dieu, *par Janusz Korczak*
Sa102. L'Abeille turquoise, *par Tsangyang Gyatso chants d'amour présentés et traduits par Zéno Bianu*
Sa103. La Perfection de sagesse *traduit du tibétain par Georges Driessens sous la direction de Yonten Gyatso*
Sa104. Le Sentier de rectitude, *par Moïse Hayyim Luzzatto*
Sa105. Tantra. La voie de l'ultime, *par Chögyam Trungpa*
Sa106. Les Symboles chrétiens primitifs, *par Jean Daniélou*
Sa107. Le Trésor du cœur des êtres éveillés *par Dilgo Khyentsé*
Sa108. La Flamme de l'attention, *par Krishnamurti*
Sa109. Proverbes chinois, *par Roger Darrobers*
Sa110. Les Récits hassidiques, tome 1, *par Martin Buber*
Sa111. Les Traités, *par Maître Eckhart*
Sa112. Krishnamurti, *par Zéno Bianu*
Sa113. Les Récits hassidiques, tome 2, *par Martin Buber*
Sa114. Ibn Arabî et le Voyage sans retour, *par Claude Addas*
Sa115. Abraham ou l'Invention de la foi, *par Guy Lafon*
Sa116. Padmasambhava, *par Philippe Cornu*
Sa117. Socrate, *par Micheline Sauvage*
Sa118. Jeu d'illusion, *par Chögyam Trungpa*
Sa119. La Pratique de l'éveil de Tipola à Trungpa *par Fabrice Midal*
Sa120. Cent Éléphants sur un brin d'herbe, *par le Dalaï-Lama*
Sa121. Tantra de l'union secrète, *par Yonten Gyatso*
Sa122. Le Chant du Messie, *par Michel Bouttier*
Sa123. Sermons et Oraisons funèbres, *par Bossuet*
Sa124. Qu'est-ce que le hassidisme ?, *par Haïm Nisenbaum*
Sa125. Dernier Journal, *par Krishnamurti*
Sa126. L'Art de vivre. Méditation Vipassanâ enseignée par S. N. Goenka, *par William Hart*

Sa127. Le Château de l'âme, *par Thérèse d'Avila*
Sa128. Sur le Bonheur / Sur l'Amour
par Pierre Teilhard de Chardin
Sa129. L'Entraînement de l'esprit
et l'Apprentissage de la bienveillance
par Chögyam Trungpa
Sa130. Petite Histoire du Tchan, *par Nguên Huu Khoa*
Sa131. Le Livre de la piété filiale, *par Confucius*
Sa132. Le Coran, *traduit par Jean Grosjean*
Sa133. L'Ennuagement du cœur, *par Rûzbehân*
Sa134. Les Plus Belles Légendes juives, *par Victor Malka*
Sa135. La Fin'amor, *par Jean-Claude Marol*
Sa136. L'Expérience de l'éveil, *par Nan Huai-Chin*
Sa137. La Légende dorée, *par Jacques de Voragine*
Sa138. Paroles d'un soufi, *par Kharaqânî*
Sa139. Jérémie, *par André Neher*
Sa140. Comment je crois
par Pierre Teilhard de Chardin
Sa141. Man-Fei-tse ou le Tao du prince
par Han Fei
Sa142. Connaître, soigner, aimer, *par Hippocrate*
Sa143. La parole est un monde, *par Anne Stamm*
Sa144. El Dorado, *par Zéno Bianu et Luis Mizón*
Sa145. Les Alchimistes
par Michel Caron et Serge Hutin
Sa146. Le Livre de la Cour Jaune, *par Patrick Carré*
Sa147. Du bonheur de vivre et de mourir en paix
par Sa Sainteté le Dalaï-Lama
Sa149. L'Enseignement de Sri Aurobindo
par Madhav P. Pandit
Sa150. Le Traité de Bodhidharma
anonyme, traduit et commenté par Bernard Faure
Sa151. Les Prodiges de l'esprit naturel,
par Tenzin Wangyal
Sa152. Mythes et Dieux tibétains, *par Fabrice Midal*
Sa153. Maître Eckhart et la mystique rhénane
par Jeanne Ancelet-Mustache
Sa154. Le Yoga de la sagesse
par Sa Sainteté le Dalaï Lama
Sa155. Conseils au roi, *par Nagarjuna*
Sa156. Gandhi et la non-violence
par Suzanne Lassier